소포클레스의

『오이디푸스 왕』과 해설

- 아리스토텔레스, 프로이트 -

*은 저자 주임

소포클레스의

『오이디푸스 왕』과 해설

- 아리스토텔레스, 프로이트 -

윤 용 호

종문화사

차 례

제 2 부 - 해 설

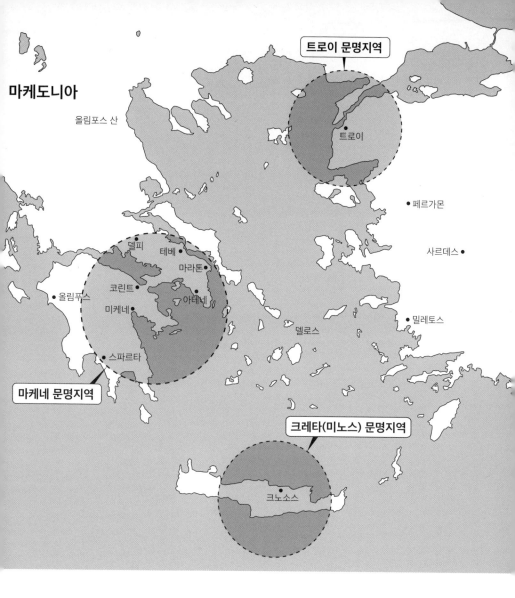

마케도니아

올림포스 산

트로이 문명지역

트로이

페르가몬

사르데스 •

델피
테베
마라톤
코린트 •
미케네 •
아테네
올림푸스 •
스파르타
밀레토스
델로스

마케네 문명지역

크레타(미노스) 문명지역

크노소스

에게 해(海) 주변 지역에 번영했던 고대 그리스문명

(델피/테베/코린트/마라톤/아테네/미케네/올림피아/스파르타/
크노소스/밀레투스/사르데스/페르가몬/트로이/펠로폰네소스/델로스)
에게 문명(Aegean Civilization)

서 론

『오이디푸스 왕』의 작가 소포클레스는 고대 그리스 사람이다. 오늘날 우리가 부르는 그리스란 국가명은 영어식 명칭이다. 그러나 이 나라 국민들이 부르는 자기 국가의 명칭은 헬라스 공화국(The Hellenic Republic)이다. 헬라스를 한역(漢譯)한 희랍(希臘)은 우리나라에서도 쓰고 있다. 이 나라 사람들은 자신들을 민족의 선조 헬렌(Helen)의 자손이라 하여 헬레네스라 칭하였고, 자신들이 살고 있는 땅을 헬라스라 불렀다.[1] 이처럼 그리스, 헬라스, 희랍은 같은 국가를 가리키는 명칭이다. 우리에게 익숙한 명칭으로는 그리스이지만, 그리스인을 의미하는 헬렌이라는 말에서 유래한 헬레니즘 또 이스라엘의 신약성경을 최초로 서술한 헬라어(語) 등의 표현도 유념해야 한다.

이스라엘에서 탄생한 예수는 당시 갈릴레아 지방의 유대인이 사용했던 아람어(Aramaic language)로 복음을 설교했으나, 예수가 죽은 후 제자들은 이스라엘을 벗어나 당시의 국제 공용어인 헬라어(그리스어)로 신약성경을 집필

---

1) 참고, 네이버 지식백과 : 그리스사 (두산백과)

했다. 이들이 성립시킨 그리스도교는 훗날 로마에 들어와 300년 넘게 모진 박해를 당하다가 AD 313년 콘스탄티누스 황제에 의해 정식 종교로 인정을 받고, AD 391년 테오도시우스 황제에 의해 국교(國敎)로 선포된다. 로마가 그리스도교 국가가 되면서 예수가 탄생한 해를 1년으로 하는 새로운 기원을 쓰기 시작한다. 예수가 태어나기 전까지 로마의 역사는 753년이었는데, 예수가 탄생한 754년을 서기 1년으로 새롭게 쓰기 시작한 것이다. 이렇게 해서 오늘날 거의 전 세계가 쓰는 Before Christ(BC 예수 이전)와 Anno Domini(AD 주님의 해)가 생겨나게 된 것이다. AD, 즉 주님이 탄생한 해가 서양 연호, 즉 서기(西紀)의 기원이 되었다. 그리스도교 국가가 아닌 우리나라에서도 서기를 쓰기 때문에 가령 누군가가 1980년에 태어났다면 그것은 예수 탄생을 기점으로 계산한 것이다.

그리스란 나라가 생성된 때는 신화로부터 시작하지만 이 나라가 기록으로 남아 우리에게 익숙해진 것은 BC 8세기경 서사시 작가 호메로스와 그의 작품 『일리아스』와 『오디세이』를 들 수 있다. 현존하는 고대 그리스어로 쓰인 가장 오래된 작품이다. 작품 내용은 BC 12세기경에 있었던 트로이 전쟁을 배경으로 하고 있다. 트로이는 오늘날 터키에 있는 도시다. 도시국가이던 그리스 연합군이 에

게 해(海)를 건너가 트로이 왕국을 멸망시킨 이 전쟁이야기
는 신화로만 알려져 오다가 독일의 고고학자 하인리히 슐
리이만(Heinrich Schliemann, 1822~1890)에 의해 터키의 트로
이 지역이 발굴되면서, 그리고 미국의 고고학자 칼 윌리엄
블레겐(Carl William Blegen, 1887~1971)이 1930년대에 트로이
유적에 대한 과학적인 재조사를 시행하면서 역사로 인정
받게 되었다.[2)]

그리스 역사의 초기에 속하는 BC 8세기부터 BC 4세기
까지가 서양문화의 뿌리가 되는 그리스 문화가 독창적으
로 크게 융성했던 때다. 문학은 물론 철학, 수학, 물리학,
천문학, 기하학을 비롯하여 의학에 이르기까지 수많은 학
문이 그리스의 학자들에 의해 체계화되었다. 로마는 이 문
화를 그대로 수용했기 때문에 오늘날도 고전주의하면 바
로 고대 그리스 로마 문화를 하나로 묶어 가리킨다. 예를
들어 그리스에서 12신 가운데 제일가는 신을 제우스라고
했는데, 로마에서는 유피테르라고 명칭만 헬라어에서 라틴
어로 바꾸는 정도였다.

우리가 다루고자 하는 비극 『오이디푸스 왕』도 이 기
간의 작품이다. 작가 소포클레스는 BC 496년에 태어나

---

2) 참고, 네이버 지식백과 : 트로이 전쟁 [Trojan war] (두산백과)

서 BC 406년에 사망했다. 『오이디푸스 왕』과 동시대의 다른 여러 작품들을 연구하여 『시학』(詩學)이란 문학 이론서를 집필한 학자 아리스토텔레스도 BC 384년에 태어나 BC 322년에 사망했다. 모두 BC 4~5세기 인물들이다. 문화의 황금시기를 이룩해가던 도시국가 아테네와 스파르타가 페르시아를 꺾고 동지중해 지역을 완전히 지배했지만 내부적으로 도시국가 아테네는 델로스 동맹을, 스파르타는 펠로폰네소스 동맹을 만들어 서로 대결하는 체제로 들어갔다. 이 동맹국 간의 전쟁이 BC 431년부터 BC 404년까지 지속된 '펠로폰네소스 전쟁'이다. 이 전쟁으로 두 도시국가가 쇠약해진 틈을 타 북방에 있던 마케도니아의 왕 필리포스 2세와 그의 아들 알렉산드로스 대왕(재위 BC 336~BC 323)이 그리스 본토의 주도권을 차지한다. 이어서 유럽과 아시아, 아프리카에 이르는 대제국을 건설했다. 그 영향으로 그리스 문화와 오리엔트 문화가 융합되는 헬레니즘의 탄생을 보게 된다. 그가 죽은 후 대제국은 휘하 장군들에 의해 삼분되어 마케도니아에서는 안티고노스가, 이집트에서는 프톨레마이오스가, 시리아와 메소포타미아에서는 셀레우코스가 각각 왕조를 건설했다.

마케도니아의 그리스 지배는 BC 4세기부터 BC 2세기까지 계속되다가 BC 146년 마케도니아와 그리스 모두 로마에게 정복된다. 이때부터 그리스는 로마의 속주가 되어 역사를 같이 하게 된다. AD 4세기에 로마 황제 콘스탄티누스 1세(출생 274, 재위기간 306~337)가 그리스 식민지 비잔티움(Byzantium)에 제2의 로마 수도를 건설하고, 자신의 이름을 상징하는 콘스탄티노폴리스로 명칭을 바꾸었다. 로마의 국교가 된 그리스도교도 로마에서는 로마 가톨릭교회로, 그리스에서는 그리스 정교회로 나누어진다.

비잔티움은 BC 7세기경 고대 그리스인들이 이전 민족을 정복하고 세운 도시로 보스포루스해협의 서해안에 번영했던 도시다. 현재의 명칭은 터키의 도시 이스탄불이다. 비잔티움이란 도시명칭은 사라졌지만 AD 395년 로마제국이 동과 서로 분열된 뒤에는 동로마제국을 비잔티움제국으로도 부른다. 그리스인들이 비잔티움으로 불렸던 도시가 로마제국에게 정복되면서 콘스탄티노폴리스로 명칭이 바뀌고, 그다음 오스만제국이 정복하고서는 이스탄불로 바뀐다. 종교도 그리스도교에서 이슬람교로 바뀐다.

동로마제국은 1453년 오스만 튀르크제국(Osman Türk Empire, 오늘날 터키)에게 정복된다. 그리스 지배는 동로마에서 오스만제국으로 넘어간다. 그리스는 오스만제국의 혹독한 지배를 벗어나기 위해 줄기차게 독립운동을 시도했지만 번번이 실패한다. 18세기 후반에 일어난 프랑스 대혁

명 이후 유럽에 팽배했던 민족주의의 영향을 받아 1821년부터 1827년에 걸쳐 독립운동이 확산되었다. 1823년에 독립전쟁에 참전했다가 이듬해 1824년 말라리아로 사망한 영국의 시인 바이런을 비롯하여, 헬레니즘의 발상지이자 『신약성서』가 1세기경 헬라어로 집필되면서 그리스도교 문화의 꽃을 피운 그리스에 애정을 가진 많은 서구인들이 그리스의 독립을 위해 오스만제국과의 전쟁에 참전하였다. 당시 오스만제국은 그리스의 혁명을 억압하였지만, 프랑스, 영국, 러시아가 그리스를 지원하기 위해 군사 개입을 단행한다. 마침내 1830년 2월 그리스가 독립국임을 선언하는 런던 의정서가 열강들에 의해 채택되고 그리스는 오스만제국으로부터 벗어나 1830년 3월 25일 독립 왕국을 수립한다.

마케도니아, 로마제국 그리고 오스만제국의 지배하에서 2000년이란 긴 세월을 역사의 그늘 속에 존재해 왔기 때문에 고대 그리스의 위대함은 두 번 다시 등장할 수 없었다.

제 1 부

소포클레스의 『오이디푸스 왕』

윤용호 편

등장인물

오이디푸스 - 테베의 왕
이오카스테 - 오이디푸스의 왕비
안티고네, 이스메네 - 오이디푸스의 두 딸
신관 - 제우스신을 섬김
크레온 - 테베의 왕비 이오카스테의 남동생
코러스 - 테베의 원로 백성들로 이루어진 합창단
타이레시아스 - 늙은 장님 예언자
코린토스의 목자
테베의 목자
왕궁에서 온 전령
그 외 백성, 시종들

서막

테베의 왕궁 앞 광장. 중앙에는 제단이 있고, 그 앞 층계나 광장에 향불을 피워들고 흰 천을 묶어 늘어뜨린 올리브 나뭇가지를 손에 든 백성들이 무릎을 꿇고 있거나 엎드려 있다.

(오이디푸스 왕이 왕궁에서 나온다.)

오이디푸스 : 그 옛날 카드모스[1]의 후예인 나의 백성들이여, 왜 이렇게 흰 천을 감은 올리브 나뭇가지를 들고 탄원하며 앉아 있는가? 향불을 피워들고, 병의 회복을 비는 기도와 비통의 소리가 온 도시에 가득 찬 것은 또 어찌 된 일인가? 백성들이여, 세상에 널리 알려진 나 오이디푸스는 백성들의 고통을 남에게서 전해 듣는 것이 옳지 않다고 여겨 직접 이 자리에 나왔노라. 거기 그대(*제우스의 신관에게*), 이들의 대변자로서 그들의 가슴속에 담긴 고

---

1) 테베의 건립자로 알려진 신화적 인물

통을 말해보라. 무슨 두려움이, 무슨 슬픔이 있단 말인

가? 나를 믿고 나의 능력에 기대어라. 무슨 청이든 기

꺼이 들어주겠노라. 나 오이디푸스는 그토록 간절한

탄원에 귀를 닫는 그런 가혹한 사람은 아니다.

신   관 : 테베의 위대하신 왕 오이디푸스여, 보시다시피 이곳에는

철없는 어린애들과 나이 들어 등이 굽은 노인들 그리

고 제우스신을 섬기는 저 같은 신관들과 뽑혀 온 젊은

이들이 제단을 둘러싸고 엎드려 있습니다. 다른 일부

는 탄원의 나뭇가지를 들고 시장거리에 또 아테네 여

신의 신전에 그리고 불로 신탁을 내린 이스메노스의

강가 성지(聖地)에 앉아들 있습니다. 왕께서 보시다시피

테베는 지금 재난의 폭풍에 휩쓸려 피할 수 없는 죽음

의 노한 파도 위로 고개를 들지 못하고 있습니다. 풍성

했던 열매들은 시들어버렸고, 초원의 가축들은 새끼를

배지 못하며, 여인들까지도 죽은 아이를 낳을 뿐입니

다. 무서운 역병이 온 나라에 창궐하여 카드모스의 신

성한 도시는 끔찍이도 황폐해져 가고 있습니다. 이 어

두운 지옥의 세계는 슬픔과 탄식으로 가득 차 있습니

다. 가련한 우리 백성들이 위대하신 왕께 탄원하는 것

은 왕을 신과 같은 존재로 생각해서가 아닙니다. 인

생에 늘 있는 재난들을 처리하는 데서나 신적인 일들

을 처리하는데 우리 인간 중 가장 뛰어난 분으로 생각하기 때문입니다. 어느 누구의 도움도 없이 홀로 잔인한 스핑크스의 굴레를 부셔버린 분이 바로 당신이었음을 저희들은 기억합니다. 당신께서 저희들에게 베풀었던 그 은혜를 아직도 가슴 깊이 새기고 있습니다. 위대하고 영광된 오이디푸스 왕이시여, 모두 무릎을 꿇고 탄원하오니 신의 도움이나 인간의 지혜를 빌어 가련한 저희를 다시 한 번 구원해 주옵소서. 악의 시련에 부딪쳐 본 자만이 위력 있고 효과적인 충언을 말해 줄 수 있음을 저희는 잘 알고 있습니다. 인간 중 가장 위대하신 분이시여, 나라를 다시 한 번 구해 주십시오. 왕께서 그 전에 도우셨던 까닭으로 이 나라는 왕을 구세주로 부르고 있습니다. 처음에는 흥했다가 나중에는 망했다는 기억을 당신의 대에 남기시지 않도록 하십시오. 저희들을 이끌어 주시고 이 나라를 반석 위에 놓아주십시오. 이전에는 길조와 함께 저희들에게 행복을 가져다 주셨습니다. 이번에도 그때와 같이 은혜를 베풀어 주옵소서. 당신께서 앞으로도 지금처럼 이 나라를 다스리신다면, 사람 없는 폐허가 아니라 살아 있는 사람들을 지배하시는 왕이 되셔야 합니다. 성벽도 배도 그 안에 사람이 없고서야 무슨 가치가 있겠습니까?

오이디푸스 : 나의 백성들이여, 그대들이 여길 찾아온 간절한 소망을 나는 잘 알고 있으며, 그대들을 가엾게 여기노라. 그대들 모두가 괴로움을 당하고 있다는 것을 잘 알고 있다. 하지만 그대들의 괴로움이 아무리 크다 한들 나보다 더한 사람은 없으리라. 그대들은 각자 자신의 고통을 지니고 있지만, 나는 내 자신의 고통, 그대들의 고통, 내 모든 백성들의 고통을 함께 지니고 있노라. 그러니 그대들이 나를 잠에서 깨워 준 것은 아니다. 그대들을 위해서 나는 이미 많은 눈물을 흘렸고, 이 생각 저 생각으로 편한 날이 없었다. 그래서 거듭 생각한 끝에 유일한 한 가지 방법을 찾아내 실행에 옮겼다. 내 처남이자 메노이케우스의 아들인 크레온을 델피의 아폴론 신전으로 보내 내가 어떤 행동, 어떤 말을 하여야 그대들을 구할 수 있는지 알아오도록 하였다. 오늘이 바로 그가 돌아와야 할 날이다. 아직 돌아오지 않아 걱정이 되지만 그가 돌아와 신의 명령이 무엇인지 알려만 준다면 나는 명예를 걸고 신의 명령을 그대로 따르겠노라.

신　　관 : 그 말씀으로 희망이 솟습니다. 아, 그리고 크레온께서 돌아오셨다는 신호가 오릅니다.

오이디푸스 : 오, 그가 웃는 얼굴로 돌아오는군. 아폴론 신이여! 그가

가져오는 소식이 좋은 소식이었으면 얼마나 기쁘겠습니까?

신　　관 : 기쁜 소식인가 봅니다. 그렇지 않다면 저렇게 풍성하게 열매가 달린 월계수 나뭇가지로 엮은 관을 쓰고 오지는 않을 테니까요.

오이디푸스 : 곧 알게 되겠지. 이제 말을 들을 수 있는 거리까지 왔군. 나의 충신, 나의 친족 크레온이여. 신으로부터 어떤 전갈을 받아 오셨는가?

(크레온의 등장)

크 레 온 : 좋은 소식입니다. 지금 겪는 이 고난은 올바른 길로만 인도된다면 행복한 결말에 이를 것입니다.

오이디푸스 : 도대체 아폴론 신탁은 무엇이요? 그대의 말로는 걱정을 해야 할지 갈피를 잡을 수가 없구려.

크 레 온 : 지금 이 군중 앞에서 듣고자 하십니까? 아니면 궁 안으로 들어가오리까? 분부에 따르겠나이다.

오이디푸스 : 모두가 들을 수 있도록 여기서 말씀하시오. 나는 내 자신의 생명보다 백성들의 고통에 더 관심을 갖고 있소.

크 레 온 : 그러시다면 이곳에서 아폴론의 신탁을 전해 드리겠습니

다. 신탁은 명쾌했습니다. 바로 여기 우리 가운데 오래 된 오염의 근원이 있으니 그것을 축출치 않으면 지금 겪고 있는 고난은 치유될 수 없다는 것이었습니다.

오이디푸스 : 무슨 오염이 우리를 더럽혔단 말이오? 그리고 어떻게 그 것을 씻어내야 한단 말이오?

크 레 온 : 한 사람을 추방해버리든지, 아니면 그를 사형에 처하여 그가 사람을 죽여 흘린 피에 보상을 해야 한답니다. 바로 그 피 흘림이 이 나라가 현재 겪고 있는 재앙의 근원이기 때문입니다.

오이디푸스 : 아폴론 신이 인정치 않은 죽음을 당한 그 사람은 누구요?

크 레 온 : 왕이시여, 당신께서 이 나라를 다스리기 전에는 라이오 스왕이 이 나라의 지배자이셨습니다.

오이디푸스 : 이미 알고 있는 바요. 비록 본 적은 없지만 …

크 레 온 : 그의 죽음을 몰고 온 살해자를 찾아 복수하라는 것이 신의 분명한 뜻입니다.

오이디푸스 : 그 살해자들은 지금 어디에 있단 말이오? 그 오래된 범 죄의 흔적을 어디서 찾아야 한단 말이요?

크 레 온 : '이 땅에서'라고 신은 말씀하셨습니다. 찾으면 잡을 수 있지만 찾지 않으면 놓치고 말 것이라 했습니다.

오이디푸스 : 라이오스왕께서 살해를 당하신 곳은 어디였소? 궁 안이 오? 들판이오? 아니면 외국이오?

크 레 온 : 전(前) 왕께서는 신의 뜻을 구하겠다고 딴 나라로 떠나
신 후 영영 돌아오시지 않았습니다.

오이디푸스 : 그렇다면 그 소식을 전해주는 사람도, 그 사건을 목격
한 수행자도 없었단 말이요? 한 사람의 말이라도 들어
보면 실마리를 잡는데 도움이 되었을 텐데 …

크 레 온 : 모두 다 죽고 겁에 질려 도망쳐 온 자가 한 사람 있었는
데, 그도 자기가 본 일 중에서 단 한 가지 밖에는 확실
하게 말하지 못했습니다.

오이디푸스 : 그래, 그것이 무엇이었소? 작더라도 단서를 얻을 수만
있다면 …

크 레 온 : 그 자의 말로는 강도가, 그것도 한 놈이 아니라 여러 놈
이 라이오스왕을 살해했다고 합니다.

오이디푸스 : 한갓 강도무리가 어찌 그렇게 당돌할 수가 … 이곳 테베
에서 음모가 꾸며지고 누군가 그들을 사주한 것은 아
닐까?

크 레 온 : 여러 가지 추측이 있었으나 라이오스왕께서 살해되신
후, 어찌나 재앙이 잇달아 일어나는지 제대로 조사가
이루어질 수 없었습니다.

오이디푸스 : 나라의 왕께서 그런 참변을 당하셨는데도 그걸 밝혀 내
지 못할 만큼 큰 재앙이란 무엇이요?

크 레 온 : 스핑크스의 요사스런 수수께끼 때문이었습니다. 그녀의

급박한 수수께끼가 우릴 짓눌렀고, 그래서 우리는 의
문에 싸인 왕의 죽음에 대하여 주의를 기우릴 수가 없
었던 것입니다.

오이디푸스 : 그렇다면 내가 다시 시작하여 모든 진실을 밝혀 놓겠소.
사망한 왕에 대한 우리의 의무를 지적해 준 아폴론 신
에게 찬양을 드리며 크레온 자네에게도 감사를 표하는
바일세. 그대들과 한편이 되어, 또 내 자신을 위해 이
불결한 오점을 씻어내야겠소. 왕을 사살한 자는 내게
도 칼날을 겨눌지 모르오. 그러니 왕을 위해서 하는 일
은 곧 나를 위해서 하는 일도 되는 것이오. 자아. 백성
들이여, 탄원의 나뭇가지들을 들고 어서 일어나라. 그
리고 카드모스의 백성들을 모두 이곳으로 부르도록
하라. 나는 이제부터 내가 할 일을 시작하려니, 우리
모두 신의 도움으로 구원을 받든지 아니면 멸망의 나
락으로 떨어질 것이다.

(오이디푸스와 크레온은 궁 안으로 들어간다. 시종들은 백성들을 불러 모으러 간다.)

신 관 : 자아, 모두들 일어납시다. 왕께서 우리의 탄원을 모두
들으셨고 우리의 소망이 이루어지도록 약속을 해주셨
습니다. 부디 신탁을 보내주신 아폴론 신이 몸소 나타

나셔서 이 재난으로부터 우리를 구원해 주시옵기를 다 같이 기도합시다.

(신관과 탄원자들 퇴장)

(테베의 원로시민으로 이루어진 코러스 등장)

코 러 스 1 *(송가 1)* :

델피의 황금빛 성소 아폴론 신전에서
울려오는 신의 음성 거룩하여라.
테베로 보내온 그의 신탁은 무엇일까?
우리의 마음은 두려움에 떨고 있습니다.
델피의 신전에 주재하시는 아폴론 신이시여 들어 주옵
소서.
우리는 공포에 떨고 있습니다.
우리의 운명은 어떻게 되겠습니까? 새로운 운명입니까?
아니면 옛날의 운명이
돌고 도는 해와 더불어 다시 돌아오는 것입니까?
말해주소서. 신성한 음성이여, 그대 황금빛 희망이여.

코 러 스 2 (답송1) :

제우스의 따님, 성스러운 아테네 여신이여,

먼저 부르오니 도와주소서!

다음에는 온 대지를 권좌로 삼고 우리의 도시에

성소를 둔 아르테미스 여신이여, 도와주소서!

그리고 까마득히 먼 곳에서 활을 쏘는

아폴론 신이여, 도와주소서!

우리를 지켜주옵소서, 권능의 삼신(三神)이여!

세 분께서 빛을 발해주시면 죽음의 위협은 사라질 것

입니다.

먼 옛날 재난이 닥쳤을 때 그 재난을 막으시고

홍수처럼 밀려오던 죽음의 신마저 돌려 세워 우리를

도왔듯이,

오, 이제 다시 한 번 더 우리를 보호하여 주옵소서!

코 러 스 1 (송가 2) :

우리의 근심은 헤아릴 수 없나니

이 도시를 뒤덮은 재난 가운데

멸망을 막을 어떤 방책도 보이지 않는구나.

비옥했던 땅은 더 이상 소출을 내지 못하고

우리의 여인들은 산고의 신음에도 불구하고

사산만을 거듭하고 있구나.

하나 둘씩 숨을 거두는 영혼들은

타오르는 불길처럼 끊임없이 번져

어두운 망자의 세계로 길을 재촉하고 있구나.

코 러 스 2 (답송 2) :

땅바닥에 흩어진 수많은 시체들이

묻히지도 못한 채 처참하게 버려져

부패와 독기로 대기를 오염시키고 있구나.

젊은 아낙들과 백발의 노파들이

도시의 이곳저곳에서 기어 나와

혼신을 힘을 다해 제단을 향해 탄원하며 울부짖는다.

치유를 구하는 기도와 죽은 자를 애도하는 통곡이

서로 뒤섞여 울려 퍼지는구나.

오, 제우스의 황금빛 딸 아테네 여신이여, 도와주소서!

코 러 스 1 (송가 3) :

사나운 전쟁의 신 아레스가 우리를 덮쳤습니다.

그의 소름끼치는 울부짖음은 우리의 고막을 찢고

죽음과 파괴의 길을 다시 열어 놓았습니다.

위대한 신들이시여, 그를 먼 변방으로 쫓으소서.

밤을 무사히 넘긴 우리들은

낮에 병들어 쓰러지고 있습니다.

아버지 제우스여! 모든 권능이 당신 것이고,

번개의 섬광도 당신 것이오니,

가공할 벼락을 내려 전쟁의 신을 물리쳐 주옵소서.

코 러 스 2 (답송 3) :

빛을 가져다주시는 아폴론 신이여, 저희를 구원해주

소서!

당신의 전통(箭筒)은 빗나감이 없는

화살로 가득 차 있나니, 활시위를 당겨,

재난을 몰고 온 전신(戰神) 아레스를 죽이소서!

그대 빛나는 아르테미스여

금사슬로 머리를 묶은 여신이여, 우리를 도우소서!

황홀한 춤의 주인이자,

테베의 자랑 디오니소스여,

이글거리는 횃불을 밝혀 들고 모든 신들이 미워하는

야만의 신을 우리 가운데서 몰아내소서!

대화와 노래 1

같은 곳. 테베의 왕궁 앞 광장.

(오이디푸스 등장)

오이디푸스 : 그대들은 지금까지 끔찍한 재난의 고통을 벗어나고자 탄원해왔다. 주의 깊게 내 말을 듣고 그대들의 아픔을 치유할 방도를 찾는다면, 신은 그대들의 기도를 듣게 될 것이고, 그대들은 안도와 위안을 얻게 될 것이다. 내 자신은 이 살인 사건에 대해 아무것도 아는 바가 없다. 그대들의 협조나 실마리의 제보 없이는 진상 조사가 이루어지지 못할 것이다. 나는 외지인으로 이 사건이 일어난 다음에 테베의 백성이 되었으므로 모든 백성에게 다음과 같이 공고하노라. 랍타쿠스의 아들인 라이오스 전(前) 왕께서 누구의 손에 살해되었는지 아는 자

는 지체 없이 고하도록 하라. 공모자이거나 또는 알고 서도 사실을 감추었던 죄가 두렵다면 – 안심하라, 결코 중벌에 처하지는 않으리라. 만약 살해자가 다른 나라 사람임을 안다면 서슴없이 말하라. 적절한 보상과 더불어 큰 치하를 받으리라. 그러나 사실을 알면서도 두려운 나머지 숨기거나, 자신과 친구를 위해 이 명령을 소홀히 한다면, 그때 내가 어떻게 할 것인가 잘 들어라. 이 나라의 최고 통치자인 왕으로써 모든 백성에게 명하노니 그를 집안에 들이거나 그와 말을 나누거나 신에게 드리는 기도나 제사에 그와 함께 하지 말며, 정결한 물 한 모금조차 그에게는 베풀지 말라. 델피의 신께서 나에게 주신 신탁처럼 그는 이 역병을 가져온 부정한 자니 집밖으로 내쫓아야 한다. 이렇게 하는 것이 신과 전(前) 왕에 대한 나의 의무이다. 그 알려지지 않은 살해범은 한 사람이든 아니면 공범자가 있든, 인간이 겪을 수 있는 가장 참혹한 운명으로 남은 생을 살아가야 할 것이다. 만약 그 살해범이 이 궁중에서도 발견된다면, 방금 내가 남에게 내린 것과 똑같은 저주가 나에게도 떨어질 것이다. 거듭 말하거니와 내 명령을 깊이 명심하라. 그것이 나를 돕는 일이요, 신을 돕는 일이며, 이토록 처참하게 황폐해진 나라를 구하는 일이다. 설사 신의 명령이 없었다 하더라도, 고귀하신 그대들의 왕이 피살당하신 일이니 그런 끔찍한 일을 그대로 두어서는 안 될 것이다. 그는 자손을 남기지 못하고 죽어갔지만 나는 그분의 왕관을 이어받았고 그의 왕비를 아내로 맞이했으며 그로 인해 많은 자식을 얻었기에 그의 명분을 내 아버지의 명분인 양 지키리라. 나는 랍타쿠스의 아들이자, 카드모스의 후예인 전(前) 왕을 살해한 자를 찾기 위해 어떤 수고도 아끼지 아니하리라. 이 명령에 불복하는 자들에 대한 나의 저주는 이것이니, 그들의 전답은 곡식을 내지 못하고 그들의 아내는 자식을 낳지 못하며 지금 우리에게 닥친 이 역병보다 더 무서운 재앙이 그들을 멸망케 할 것이다. 그러나 내 말에 순종하는 시민들을 위해 기도하느니 정의의 여신과 모든 신들의 가호가 그들과 함께 할 것이다.

코 러 스 : 왕이시여, 당신의 저주를 피하고자 한 가지 말씀드리겠습니다. 저는 살인자가 아니며, 살인자를 지적해 낼 수 있는 능력도 없습니다. 그러나 이 일을 우리에게 명하신 아폴론 신께서 어찌하여 그 살해범이 누구인지 밝혀주시지 않습니까?

오이디푸스 : 그 말이 옳기는 하다마는, 그러나 어느 누구도 신의 뜻

을 말하도록 강요할 수는 없다.

코 러 스 : 그렇다면 한 가지 또 다른 방책을 말씀드리겠습니다.

오이디푸스 : 주저하지 말고 말해 보아라.

코 러 스 : 장님 예언자 타이레시아스가 아폴론 신의 마음을 가장
잘 읽을 수 있사오니, 그에게 조언을 구하는 것이 사건
을 밝히는데 큰 도움이 되실 것입니다.

오이디푸스 : 나도 그 생각을 했었노라. 그래서 크레온의 권고에 따라
이미 두 번씩이나 전령을 보냈었다. 그런데 어째서 그
가 아직 안 오는지 의아해 하고 있는 중이다.

코 러 스 : 우리가 아는 것은 단지 오래되고 근거 없는 소문에 불
과합니다만 …

오이디푸스 : 무슨 소문인가? 모두 말해보라. 지푸라기에 매달리는 일
이라도 사양치 않겠노라.

코 러 스 : 소문에 의하면 전(前) 왕께서는 길 가다가 강도들에 의해
살해되었다고 합니다.

오이디푸스 : 나도 그런 말은 이미 들었지만, 목격자가 없다지 않은
가?

코 러 스 : 살인자들이 여간 담대한 자들 아니고선 저주의 말을 듣
고도 그것을 무시해 버리는 것은 불가능할 것입니다.

오이디푸스 : 감히 살인을 행하는 자들이 저주의 말 따위를 두려워하
겠느냐?

코 러 스 : 그러한 자를 찾아낼 사람이 오직 한 사람 있습니다. 전령의 인도를 받으며 그가 오고 있습니다. 저 사람만이 진실을 꿰뚫어 볼 수 있는 유일한 분입니다.

(장님 예언자 타이레시아스가 소년 시종에게 인도되어 등장한다)

오이디푸스 : 타이레시아스여, 그대는 신묘한 재주로 하늘과 땅의 비밀을 꿰뚫어 알고 있다고 들었소. 비록 눈이 멀어 육안으로 앞을 보진 못하나 역병이 우리 모두를 괴롭히고 있음을 알리라 생각하오. 위대한 예언자시여, 그대야말로 우리의 보호자이며, 유일한 구원자요. 이미 알고 있겠지만 다시 한 번 말하리다. 아폴론 신께서 우리의 탄원에 신탁을 주셨는데, 우리가 재난을 면하는 단 하나의 길은 라이오스왕의 살해자를 찾아내서 사형에 처하거나, 나라 밖으로 추방하라는 것이었소. 그러니 점을 치는 새의 소리를 통해서든, 또 다른 계시의 방법을 통해서든, 그대의 예언을 들려주기 바라오. 그대 자신과 이 나라 그리고 이 몸을 라이오스 전(前) 왕의 죽음이 가져온 죄악의 오염으로부터 구해주시오. 힘을 다해서 남을 돕는 것이 인간의 가장 고귀한 일이 아니겠소. 우리의 운명은 지금 그대의 손에 달려 있소.

타이레시아스 : 아! 안다는 것이 아무런 힘이 되지못할 때, 지혜는 얼마나 고통이 되는가? 오래전부터 깨달았던 이 사실을 내 잠시 잊었었단 말인가? 아! 이곳에 오지 말았어야 했는데 …

오이디푸스 : 아니, 그것이 무슨 소리요? 그 탄식은 무슨 뜻이요?

타이레시아스 : 왕이시여, 제발 저를 집으로 돌려보내 주십시오. 당신과 제가 각자의 인생을 지고 가는 것이 더 편할 것입니다.

오이디푸스 : 무엇을 감추고 있기에 그런 말을 한단 말이오? 만약 대답을 거절한다면 나라에도 큰 불충이 될 것이오.

타이레시아스 : 내가 아는 것은 왕의 말씀이 왕 자신을 파멸로 이끌 거란 것입니다. 오, 신들이여, 같은 운명이 저에게는 닥치지 않도록 해주옵소서.

오이디푸스 : 전(前) 왕의 살해범을 알고 있다면 말하는 것을 결단코 거절하지 마시오. 우리 모두가 그대에게 간청하니 뿌리치지 마시오.

타이레시아스 : 왕께서 구하는 것이 무엇인지 왕 자신은 모르옵니다. 제가 제 운명의 짐을 털어놓지 않듯이 왕의 운명에 대해서도 말하지 않겠습니다.

오이디푸스 : 알면서도 말할 수 없다는 것인가? 그대는 정녕 테베를 폐허로 만들고 우리 모두를 멸망케 할 작정인가?

타이레시아스 : 제 고통 그리고 왕의 고통도 제가 가져온 게 아닙니다. 왜 헛된 질문을 계속하십니까? 저는 결코 말하지 않겠습니다.

오이디푸스 : 결코 말하지 않겠다고? 네 놈은 잠자는 돌들도 분노케 하리라. 이 악당 같은 놈아! 네 가슴은 그렇게도 야박하고 무정하단 말이냐?

타이레시아스 : 왕께선 저에게 비난을 퍼붓지만, 왕 자신이 받아야 할 비난은 모르고 있습니다. 그래서 저를 악당이라 부르고 있습니다.

오이디푸스 : 그대가 이토록 백성을 냉정하게 대하는 것을 보고 어느 누구라서 분노하지 않겠는가!

타이레시아스 : 제 도움 없이도 진실은 백일하에 드러날 것입니다.

오이디푸스 : 어차피 드러날 것이라면 왜 말하지 않겠다는 건가?

타이레시아스 : 더는 말씀드리지 못하겠습니다. 그러니 마음껏 분노를 터뜨리십시오.

오이디푸스 : 분노를 터뜨려라? 그렇다면 나의 생각을 말하겠노라. 이 악행은 그대가 직접 손만 대지 않았을 뿐 꾸며서 저질렀을 것이다. 앞을 못 보니 망정이지, 그렇지 않았더라면 혼자서 다 저질렀을 것이다.

타이레시아스 : 그렇게 말씀하시렵니까? 그렇다면 들어보십시오. 왕께서는 자신의 입으로 말한 것을 반드시 지키고 이제

부터 저에게나 기타 이곳에 있는 누구에게나 아무 말

씀도 마십시오. 이 도시를 죄악으로 오염시킨 범죄의

장본인은 바로 왕이시니까요.

오이디푸스 : 뭐라고? 이렇게까지 뻔뻔스러울 수가 있단 말이냐? 그러

고도 무사하길 바라느냐?

타이레시아스 : 그렇습니다. 저에게는 진실이란 방패가 있습니다.

오이디푸스 : 그것은 예언이 아니다. 도대체 누가 그대에게 그런 것을

가르쳐 주었는가?

타이레시아스 : 바로 왕께서 가르쳐주었습니다. 싫다는 것을 억지로

말하게 하지 않았습니까?

오이디푸스 : 그게 무슨 소리냐? 잘 알아듣도록 다시 말해 보라.

타이레시아스 : 정녕 못 알아들으셨단 말입니까? 아니면 이 몸을 위

협하시는 겁니까?

오이디푸스 : 무슨 말인지 이해하기가 어렵구나. 다시 말해 보아라.

타이레시아스 : 왕께서 찾으시는 그 살인자는 바로 왕 자신이란 말

입니다.

오이디푸스 : 무엇이라고? 두 번씩이나 그런 무서운 말을 하다니, 정

녕 후회하지 않느냐?

타이레시아스 : 왕의 분노를 끌어올릴 한 말씀만 더 하겠습니다.

오이디푸스 : 무슨 말이던 다 해보라. 어차피 헛소리일 테니.

타이레시아스 : 왕께선 가장 가까운 혈육과 치욕의 삶을 살고 있으

면서도, 자신이 어떤 재앙에 빠져 있는지 모르고 있단 말입니다.

오이디푸스 : 그런 말을 하고도 과연 무사하리라고 생각하는가?

타이레시아스 : 그렇습니다. 진실은 강한 법입니다.

오이디푸스 : 그렇다. 진실은 강한 법이다. 그러나 그대와는 무관하다. 그대의 눈과 귀와 머리와 모든 것은 어둠속에 잠겨있지 않은가?

타이레시아스 : 왕께선 저를 조롱하시지만, 가련한 분이시여, 왕께서도 그와 똑같은 조롱들이 머리 위에 쏟아지는 것을 곧 경험하게 될 것입니다.

오이디푸스 : 그대는 영원한 어둠 속에 살고 있다. 그러니 나를 비롯하여 자신의 눈으로 앞을 볼 수 있는 어느 누구도 헤치지 못할 것이다.

타이레시아스 : 물론 헤칠 수 없지요. 왕을 파멸시키는 것은 제가 아닙니다. 그것은 아폴론 신의 손이 하는 것이며, 그가 당신을 파멸시킬 것입니다.

오이디푸스 : 이것은 그대의 계략인가? 아니면 크레온의 계략인가?

타이레시아스 : 크레온께서는 죄가 없습니다. 왕의 적은 왕 자신입니다.

오이디푸스 : 아아, 재산과 왕권이 일으키는 질투심이란 얼마나 큰 것인가! 인생의 힘든 투쟁에서 타인을 능가하는 남다른 재주는 얼마나 큰 시기심을 불러일으키는가! 내가 바

라지도 않았는데 이 나라가 내게 맡긴 왕권 때문에 내 충실한 크레온이, 오랜 친구인 크레온이 은밀히 나를 엿보고 이 왕권을 뺏으려 하다니, 그리고 나를 멸망시키기 위해, 자신의 이익에만 눈이 달리고, 점술에는 눈이 먼 이 사기꾼 예언자를 내게로 보냈구나!

(타이레시아스에게)

그대의 예언술! 그대는 도대체 언제 그것을 보여준 일이 있었는가? 스핑크스가 수수께끼의 노래를 불러 지나가는 사람들을 죽음으로 몰아갔을 때, 왜 그대는 아무 말도 못했는가? 왜 이 도시를 구하지 못했는가? 물론 보통 사람들에게는 어려운 수수께끼였다. 그러나 예언자는 해답을 알고 있어야 마땅했다. 그대는 그 예언을 하늘로부터 오는 새의 소리로도 분명하게 보여주지 못했다. 그때 내가, 이 무식한 오이디푸스가 나타나 스핑크스를 침묵시키지 않았던가! 나에게는 도와주는 새도 없었다. 그대가 들먹이는 예언이 아니라, 내 자신의 지혜로 말이다. 그런데 이제 와서 왕좌에 오를 크레온의 총애를 얻고자 나를 쫓아내려 한단 말인가? 그대나 그대의 공범자가 살인자에게 내린 나의 저주를 피해갈 수 있을 것 같은가? 어차피 살 목숨이 얼마 남지 않은 늙은이니 반역의 대가가 무엇인지 먼저 알게 해주마!

코 러 스 : 저희들 생각으로는, 두 분께서 모두 홧김에 그렇게 말씀
하시는 것 같습니다. 그러나 지금 집중하셔야 할 것은
신의 명령을 가장 잘 수행할 방도를 찾는 일입니다.

타이레시아스 : 당신이 왕이긴 하지만, 제게도 대답할 권리는 동등하
게 주어져야 합니다. 저는 왕의 노예도 아니고, 크레온
님의 하수인도 아닙니다. 제가 섬기는 분은 아폴론 신
이십니다. 그리고 왕께서 저의 눈먼 것을 모욕하셨으니
드리는 말씀입니다만, 왕께서는 눈을 뜨고 있으면서도
얼마나 처참한 일에 빠져들었는지, 어디서 그리고 누구
와 함께 살고 있는지 못보고 있습니다. 왕께선 누구의
자손인지 아십니까? 왕께서는 저 살아 계신 분과 돌아
가신 분께 큰 죄를 짓고 있습니다. 마치 칼의 양날처럼
아버지와 어머니의 무서운 저주가 당신에게 닥쳐서 언
젠가는 당신을 이 나라 밖으로 몰아내고, 지금은 밝은
그 눈도 그때는 끝없는 어둠 밖에는 보지 못할 것입
니다. 어디에고 당신의 비통한 소리가 미치지 않는 데
가 없을 것이며, 머지않아 키타이론 산(* 갓난 오이디푸스
가 버려졌던 산)의 온 계곡에 메아리칠 것입니다. 그때 당
신은 당신의 결혼이 의미하는 바를 깨닫게 될 것이며,
순탄한 항해가 끝나고 어느 항구에서 난파당했는가를

알게 될 것입니다. 게다가 당신이 꿈에도 생각 못한 비참한 재앙이, 당신의 신원을 당신에게 밝혀줄 것이며, 당신을 아버지라 부르는 자들의 신원도 밝혀줄 것입니다. 원하신다면 크레온님과 제 말을 실컷 비웃으십시오. 그러나 어느 누구도 당신에게 내려질 고통보다 더 큰 고통을 겪지는 않을 테니까요.

오이디푸스 : 이따위 말을 더 이상 들어야 하겠는가? 내 앞에서 썩 꺼져버려라! 당장 내 눈앞에서 사라져라! 속히 물러가 네가 온 곳으로 돌아가라.

타이레시아스 : 돌아가지요. 제가 여기 온 것은 당신의 요구에 의한 것이었지, 제가 원해서 온 것은 아니었습니다.

오이디푸스 : 이따위 미친 소리를 듣게 될 것을 진즉 알았더라면 그대를 부르러 보내지 않았을 것이다.

타이레시아스 : 제가 당신에게는 미친 듯이 보일지 모르지만, 당신의 부모님은 분별 있는 분들이었습니다.

오이디푸스 : 무슨 소리냐? 나의 부모라니. 누가 내 부모란 말이냐? 어서 말하라!

타이레시아스 : 오늘 하루가 당신의 출생과 파멸을 함께 보여줄 것입니다.

오이디푸스 : 아직도 수수께끼로 밖에는 말을 못하는군.

타이레시아스 : 무슨 걱정이십니까? 당신은 수수께끼를 푸는데 유명

하지 않습니까!

오이디푸스 : 비꼬아도 소용없다. 그 능력이 나에게 영광을 가져다주
었다.

타이레시아스 : 영광과 함께 멸망도 주었습니다.

오이디푸스 : 그건 상관없다. 나는 이 나라가 파멸하는 것을 막았다.
그것으로 나는 만족한다.

타이레시아스 : 그러면 가보겠습니다. (시동, 侍童에게) 얘야, 나를 집으
로 데려가 다오.

오이디푸스 : 그래, 아이의 손을 잡고 집으로 사라지도록 하라. 이곳
에서 그대는 방해만 된다.

가버려라, 더 이상 나를 흥분케 말고.

타이레시아스 : 한마디만 더 하고 가겠습니다. 아무리 무서운 표정을
짓는다 해도 저를 해칠 수는 없을 것입니다. 당신이 체
포하고자 했던 사람, 당신이 저주하며 위협했던 사람,
당신이 라이오스 전(前) 왕의 살해자로 선포했던 사람
- 그 사람은 이곳에 있습니다. 지금은 외지인으로 생각
되고 있지만, 원래 테베 출신임이 곧 밝혀질 것입니다.
지금은 그의 눈이 밝고, 그의 재산은 많지만 곧 장님이
되어 구걸하면서 지팡이를 짚고 더듬거리며 먼 이국땅
을 방황하게 될 것입니다. 그가 사랑하는 아이들은, 그
가 그들의 아버지가 되는 동시에 형이 됨을 알게 될 것

입니다. 그를 낳은 여인에게는 아들이 되는 동시에 남편이 되며, 아버지를 살해하고 아버지의 잠자리를 차지했습니다. 안으로 들어가셔서 이 말을 잘 생각해 보십시오. 그리고 제 말의 잘못이 드러나거든, 앞으로는 제예언이 아무것도 아니라고 말씀하셔도 좋습니다.

(타이레시아스와 오이디푸스 각각 퇴장)

코 러 스 1 (송가 1) :

델피의 아폴론 신전에서 울려 퍼진 신의 말씀이, 피비린내 나는 손으로 끔찍한 죄악을 저질은 자가 있다고 하는데 누구인가?

아무리 질풍같이 빠른 발로 도망을 간다 해도, 번갯불로 무장한 제우스의 아드님은 저 무섭고 피할 길 없는 복수의 여신과 함께 그를 추격할 것이다.

코 러 스 2 (답송 1) :

눈 덮인 파르나소스 산 정상에서 흘러나오는 신의 소리는 모든 수단을 다해 숨은 살인자를 찾아내라 하신다.

숲과 동굴 그리고 바위들이 있는 곳에서 그는 사나운

황소처럼 홀로 외로이 헤매며,

델피 신전의 엄숙한 소리를 피하려 한다.

그러나 살인자를 찾아내라는 소리는

영원히 그치지 않고 그의 둘레를 맴돈다.

코 러 스 1 (송가 2) :

그 예언자는 참으로 끔찍한 말을 하였구나.

우리는 그의 말을 믿을 수도 부정할 수도 없다.

아무것도 우리에게 분명하지 않기 때문이다.

어째서 예언자는 라이어스 전(前) 왕의 미해결 사건에

오이디푸스를 범인이라고 비난하고 있는가?

랍타쿠스 집안과 코린토스 집안 사이에는

옛날도 지금도 싸움이 있었다는 말은 듣지 못했고

아무 증거도 없으니 오이디푸스라는 널리 알려진 이름

에 의심을 품을 수도 없다. 랍타쿠스 집안의 괴이한

죽음에 대하여 원수 갚을 방법도 알 수가 없구나.

코 러 스 2 (답송 2) :

제우스와 아폴론에게는 이 세상의 모든 비밀이 알려져

있지만,

인간인 예언자에게는 남보다 뛰어난 지혜를 가졌다고

말할 수는 없다.

우리 인간은 모두가 제 나름대로의 지혜를 지니고 있기 때문이다.

비록 오이디푸스가 예언자로부터 비난을 당했지만,

그의 죄상이 증명될 때까지는 그의 이름에 먹칠을 할 수는 없다.

저 날개 달린 요녀가 그의 앞에 나타났을 때,

그는 큰 지혜를 보이고, 이 나라를 구했으니 내 어찌 그에게 죄 있다고 생각할 수 있으랴.

대화와 노래 2

같은 곳. 테베의 왕궁 앞 광장.

(크레온 등장)

크 레 온 : 시민들이여! 나는 오이디푸스 왕께서 나에게 악의에 찬
비난을 퍼부으셨다는 말을 듣고 참을 수가 없어서 이
리로 달려왔습니다. 만약 왕께서 말로든 행동으로든
나로 인하여 지금의 이 재앙을 당했다고 생각하신다
면, 그런 치욕스러운 말을 듣고 더 이상 살아가고 싶지
않습니다. 내게 그런 소문은 단순한 비방을 넘는 불명예
로, 만약 이 나라가 나를 배신자라고 부른다면 친구인
여러분들께서도 당연히 나를 배신자라 부를 테니까요.
코 러 스 : 오이디푸스 왕의 말씀은 노여움이 폭발하여 나온 것이
지, 고의적으로 모욕을 주기 위한 것은 아닐 것입니다.

크 레 온 : 내가 타이레시아스와 음모를 꾸몄다고 말씀하시던가
요? 그리고 예언자가 나의 사주를 받고 거짓말을 했다
고 하시던가요?

코 러 스 : 말씀은 그렇게 하셨습니다만, 이유는 저희도 알지 못합
니다.

크 레 온 : 나에 대한 그와 같은 비난을 눈을 똑바로 뜨고 진심에
서 하시던가요?

코 러 스 : 그건 모르겠습니다. 왕의 마음을 어찌 꿰뚫어 볼 수 있
겠습니까? 마침 그분께서 오시는군요.

(오이디푸스 등장)

오이디푸스 : 아니, 크레온, 그대가 감히 여길 왔단 말인가? 내 목숨과
왕관을 찬탈하려 한 사실이 명백하게 들어난 지금 어
떻게 뻔뻔스럽게도 이곳에 올 수 있단 말인가? 그런 음
모를 꾸미다니 그대는 나를 겁쟁이나 바보로 알았던
가? 그대의 음모를 알아채지 못할 정도로 어리석거나
그대의 행실을 알면서도 그냥 내버려 둘 줄 알았던가?
헛되이 왕위를 노리다니 그대는 얼마나 어리석은가?
아니면 강력한 친구들과 공모가 있었겠지!

크 레 온 : 저의 말씀을 좀 들어주십시오. 저의 말씀을 들으신 다음

판단을 내리십시오.

오이디푸스 : 그대는 말재주가 능하지만, 나는 그대에게서 들을 것이 없다. 그대가 나의 가장 큰 원수라는 사실만은 알고 있으니까.

크 레 온 : 그러나 바로 그 일에 관해서 제 설명을 들어주시기 바랍니다.

오이디푸스 : 좋다. 무엇이나 말하라. 그러나 그대가 정직하다는 말만은 빼고.

크 레 온 : 그렇게 분별없는 고집을 무슨 장점이나 되는 줄 믿고 계신다면 참으로 현명치 못하십니다.

오이디푸스 : 친족을 해치고자 한 자가 아무 죄도 받지 않으리라 생각한다면 그대 역시 제 정신이 아니지.

크 레 온 : 지당한 말씀입니다. 하지만 제가 무슨 일을 저질렀는지, 저로 인해 무슨 해를 입으셨는지 말씀해 주시기 바랍니다.

오이디푸스 : 그 잘난 예언자를 불러야 한다고 권고한 사람은 그대가 아니었던가?

크 레 온 : 그렇습니다. 지금도 그 생각엔 변함이 없습니다.

오이디푸스 : 대체 그때부터 얼마나 지났는가? 라이오스왕께서 …

크 레 온 : 왕께서 어찌 되셨다고요? 무슨 뜻인지 모르겠군요.

오이디푸스 : 그 흉악한 살인범의 손에 돌아가신 지가?

크 레 온 : 그건 꽤 오래된 일입니다.

오이디푸스 : 그렇다면, 그때도 이 예언자는 예언을 하고 있었던가?

크 레 온 : 그렇습니다. 지금과 다름없이 예언을 하고 있었으며, 모든 사람들에게 존경받고 있었습니다.

오이디푸스 : 그렇다면 그때도 그가 무엇인가 나에 관해 말을 한 적이 있었던가?

크 레 온 : 아닙니다. 내 앞에서는 한 번도 없었습니다.

오이디푸스 : 그렇다면 그땐 왜 그 살인범을 찾지 않았던가?

크 레 온 : 물론 찾아내려 했지요. 하지만 허사였습니다.

오이디푸스 : 그렇다면 어째서 그 지혜로운 자가 그때 그 얘기를 하지 않았던가?

크 레 온 : 모르겠습니다. 알지 못한 일은 말하고 싶지 않습니다.

오이디푸스 : 그러나 적어도 한 가지만은 그대도 알고 있고, 확실히 말할 수 있을 텐데.

크 레 온 : 그게 무엇입니까? 제가 아는 것이라면 다 말씀드리겠습니다.

오이디푸스 : 그 자가 그대와 공모를 하지 않고서야 어째서 내가 라이오스왕을 살해했다는 따위의 말을 한단 말이냐?

크 레 온 : 만약 그가 그렇게 말했다면 왕께서 가장 잘 아시겠지요. 그러나 왕께서 저에게 물으시듯이 저도 왕께 여쭈어 보고 싶습니다.

오이디푸스 : 무엇이든 물어 보아라. 그러나 내게서 살인죄를 찾아내

　　　　　지는 못할 것이다.

크 레 온 : 그렇다면 말하죠. 왕께서는 내 누님과 결혼하고 계시죠?

오이디푸스 : 그래. 그게 어쨌단 말이냐?

크 레 온 : 그리고 왕비도 같은 권력으로 이 나라를 다스리고 계시

　　　　　죠?

오이디푸스 : 그녀가 원하는 것은 무엇이든 주고 있다.

크 레 온 : 그렇다면 세 번째 자리의 영예를 차지하고 있는 사람은

　　　　　제가 아닙니까?

오이디푸스 : 그렇다. 바로 그 자리 때문에 반역을 꾀한 거란 말이다.

크 레 온 : 그렇지 않습니다. 왕께서도 저처럼 스스로 물어 보십시

　　　　　오. 왕과 같은 권력을 가진 사람이라면 무엇 때문에

　　　　　두려움과 불안 속에서 권력을 잡기 위해 조용한 평화

　　　　　를 버리겠습니까? 저는 왕이라고 불리고 싶은 마음은

　　　　　조금도 없습니다. 생각 있는 사람이라면 누구라도 그

　　　　　럴 것입니다. 저는 지금 온갖 필요한 것을 아무 두려움

　　　　　도 없이 당신으로부터 얻고 있습니다. 그런데 제가 만

　　　　　약 왕이라면 싫어도 여러 가지 일을 하지 않으면 안 될

　　　　　것입니다. 이걸 알면서도 순탄한 지배와 권력을 버리고

　　　　　왕의 자리를 바랄 까닭이 어디 있겠습니까? 저는 제게

　　　　　이로운 명예를 무시하고 다른 명예를 바랄만큼 그렇

게까지 어리석지는 않습니다. 지금 모든 사람이 저에게 호의를 가지고 있으며, 모든 사람이 저를 반겨합니다. 왕께 소청이 있는 사람은 우선 저를 찾아옵니다. 그렇게 하면 그들의 소원을 이룰 길이 있다는 것을 잘 알기 때문입니다. 그런데 어째서 제가 이 생활을 버리고 다른 것을 취하고자 하겠습니까? 어림없는 말씀입니다. 저는 그렇게 현명치 못한 행동은 하지 않습니다. 저는 그런 야심에 한 번도 끌린 적이 없으며 남이 유혹한다 해도 결코 부화뇌동하는 일은 없을 것입니다. 그 증거로 우선 델피의 신전으로 가서 제가 전한 신탁이 사실인지 아닌지를 알아보십시오. 만약 제가 그 예언자와 공모한 것이 드러나거든, 저를 사형에 처하십시오. 저의 음성도 사형선고를 내리는 왕의 말씀을 기꺼이 되풀이 하겠습니다. 그러나 어림짐작으로 무작정 죄를 씌우지는 마십시오. 악인을 덮어놓고 선인이라고 말하거나 선인을 악인이라고 말하는 것은 옳지 않습니다. 진정한 친구를 버리는 것은 자신이 가장 귀중히 여기는 생명을 버리는 것이나 다름없습니다. 머지않아 왕께서는 그것을 확실하게 깨달을 것입니다. 오직 시간만이 옳은 사람을 가려내기 때문이지요. 그러나 악인은 백일하에 드러나게 마련입니다.

코 러 스 : 왕이시여, 분별 있는 사람의 훌륭한 말이었습니다. 속단 이란 위험한 법입니다.

오이디푸스 : 적의 음모와 행동이 신속할 때는 이쪽도 급히 대책을 마련해야 한다. 수수방관 기다리고만 있으면, 적은 목적을 이루고 나는 망하고 말 것이다.

크 레 온 : 그렇다면 저를 어떻게 하시겠다는 겁니까? 나라 밖으로 추방하시렵니까?

오이디푸스 : 아니, 절대로! 추방이 아니라 사형이다. 배신의 대가가 어떤 것인지 보여 주겠다.

크 레 온 : 제가 어떻게 무슨 죄를 지었는지 밝혀주신다면 …

오이디푸스 : 아직도 고집을 피우고 있군.

크 레 온 : 왕께서 잘못 생각하고 계심을 제가 알기 때문입니다.

오이디푸스 : 나는 나의 생각이 옳다는 것을 알고 있다.

크 레 온 : 그것은 왕의 생각이 그러한 것이지, 제 생각은 다릅니다.

오이디푸스 : 그래도 나는 통치해야 한다.

크 레 온 : 잘못된 통치라면 해서는 안 됩니다.

오이디푸스 : 오오, 테베의 백성들이여, 저자의 말을 들어보라!

크 레 온 : 이 나라는 내게도 관계가 있습니다. 왕의 것만은 아닙니다.

코 러 스 : 제발 그만들 해두십시오. 왕비 이오카스테님이 궁정에서 나오고 계십니다. 왕비님의 도움으로 이 불화가 원만

하게 마무리되길 …

(이오카스테 등장)

이오카스테 : 참으로 딱하신 분들이군요. 어쩌자고 그처럼 분별없는
　　　　　　말다툼을 벌이고 계십니까? 부끄럽지도 않으신가요?
　　　　　　온 나라가 고통을 당하고 있는데 사사로운 일로 다투
　　　　　　시다니. 왕께서는 어서 궁으로 들어가시고, 크레온도
　　　　　　집으로 돌아가요. 아무것도 아닌 일로 일을 크게 벌이
　　　　　　지 말고.

크 레 온 : 왕비시여, 매형 오이디푸스 왕께서 저에게 너무나 무서
　　　　　　운 위협을 가해 왔습니다. 저를 조상의 땅에서 추방하
　　　　　　던가, 아니면 잡아서 사형을 시키던가, 둘 중 하나를
　　　　　　택하겠다는 것입니다.

오이디푸스 : 그건 사실이요. 왕비! 그는 내 목숨을 노린 반역행위를
　　　　　　음모했소.

크 레 온 : 만약 제가 그와 같은 죄를 지었다면, 신의 저주가 영원히
　　　　　　함께 하길 기원하겠습니다.

이오카스테 : 왕께선 그의 말을 믿으세요. 믿고 그를 살려주시기 바랍
　　　　　　니다. 무엇보다도 신께 드린 그의 엄숙한 맹세와 그리
　　　　　　고 저와 여기 당신 앞에 서있는 모든 사람들을 위하여.

코 러 스 : 선선히 받아들이십시오. 왕이시여. 간청하옵니다.

오이디푸스 : 도대체 무엇을 받아들이란 말인가?

코 러 스 : 크레온과 같이 연륜이 깊은 이를 존중하소서. 그리고 그
가 하는 무죄의 맹세를 존중하소서. 그는 이전에 당신
을 배반한 적이 없었습니다.

오이디푸스 : 그대들은 지금 무엇을 원하는지 아는가?

코 러 스 : 알고 있습니다.

오이디푸스 : 그렇다면 말해 보라.

코 러 스 : 저렇게까지 맹세하는 친구에게 근거 없는 소문으로 불
명예스러운 욕을 보여서는 안 됩니다.

오이디푸스 : 그러면 잘 들어라. 그대들이 내게 원하는 것은, 이 몸의
추방이나 죽음이다.

코 러 스 : 아닙니다. 모든 신들보다도 앞서는 신, 태양신께 걸고
맹세합니다. 저희가 그런 생각을 가졌다면, 형벌과 파
멸이 한꺼번에 닥쳐온대도 달게 받겠습니다. 역병으로
시달리는 나라 모습에 가슴이 멥니다. 이 상처에 새로
운 아픔을 더하지 마옵소서.

오이디푸스 : 그렇다면 저자를 용서하여 주어라. 비록 내가 살해당
하건, 아니면 치욕스럽게 이 땅에서 추방되건 그는 무
사하리라. 그러나 내 마음을 움직인 것은 저자의 말이
아니라, 그대들의 탄원임을 명심하라. 그가 어디 있건

나는 저자를 증오할 것이다.

크 레 온 : 노할 때는 모질더니 자비를 베풀 때도 완고하시군요. 하
지만 분노의 기억은 왕을 더욱 괴롭힐 것입니다.

오이디푸스 : 그래도 그것이 나라면 받아들일 수밖에 없다. 나 좀 내
버려두고, 물러가도록 하라.

크 레 온 : 가겠습니다. 왕의 그릇된 판단을 듣고 가지만, 시민들의
눈에는 제가 옳습니다.

(크레온 퇴장)

코 러 스 : 왕비시여, 왜 망설이십니까? 어서 왕을 모시고 궁 안으
로 들어가소서.

이오카스테 : 궁 안으로 들어가기 전에 무슨 일이 있었는지 알고 싶소.

코 러 스 : 의심 때문입니다. 빗나간 말들이 모두를 분노로 몰아갔
습니다.

이오카스테 : 두 분 모두 그랬소?

코 러 스 : 그렇습니다.

이오카스테 : 그래, 무엇 때문에 그런 것이요?

코 러 스 : 왕비시여, 굳이 아시려고 하지 마십시오. 우리에게 닥친
고난을 생각하면 이대로 끝내는 것이 좋을 것입니다.

오이디푸스 : 그대들은 선한 마음에서 나온 탄원으로 내 노여움을 가

라앉혔지만, 나를 비참하게 만들었다.

코 러 스 : 왕이시여, 다시 말씀드립니다. 저희가 왕의 통치를 거부
한다면, 우린 정녕 생각이 없는 미치광이겠지요. 사랑
하는 이 나라가 고난에 허덕일 때 앞장서서 올바른 번
영으로 이끄셨고, 이번에도 구원의 길을 찾을 수 있을
것입니다.

이오카스테 : 저에게도 말씀해 주세요. 대체 무슨 까닭으로 그렇게 불
같은 분노가 치밀었는지?

오이디푸스 : 말해 주리다. 내게는 당신이 이 사람들보다 소중하니까.
크레온이 화근이오. 그가 이 악랄한 음모를 꾸몄소.

이오카스테 : 그가 대체 어떤 음모를 꾸몄기에 그렇게 화를 내셨나요.

오이디푸스 : 내가 라이오스왕을 살해했다는 거요.

이오카스테 : 그가 그런 말을 직접 했다는 것인가요, 아니면 남의 말
을 듣고 그러시는 건가요?

오이디푸스 : 그는 약아서 자신은 말하지 않고 장님 예언자 타이레시
아스를 사주하여 말하게 했소.

이오카스테 : 그렇다면 두려워할 이유가 없습니다. 마음 상하지 마시
고 제 말씀을 들으세요. 예언의 재주 따위는 인간의 운
명에 아무런 영향을 줄 수 없습니다. 제가 겪은 증거를
말씀드리지요. 옛날 라이오스왕께 신탁이 내린 적이 있
었습니다. 직접 아폴론 신 자신으로부터 내린 것은 아

니고, 그분을 섬기는 자들로부터 전해진 것이었습니다. 그 신탁이란 왕과 저 사이에서 태어난 아들의 손에 왕께서 살해당할 운명이라는 것이었습니다. 그런데 소문으로는 그분이 세 갈래 길에서 한 떼의 낯선 무리들에게 살해당했다는 것입니다. 아들로 말하자면 태어난 지 사흘밖에 안 되었을 때, 왕께서는 아이의 두 발꿈치를 한데 묶어서 인적이 없는 산속에다 버리게 했습니다. 그래서 아폴론 신의 신탁은 이루어지지 않았습니다. 아이가 자라 아비를 죽이는 자가 될 수도 없었고, 또 두려움에 떠시던 라이오스왕께서도 아들의 손에 죽는 일이 없도록 하셨던 것입니다. 예언의 결과는 이렇게 되었던 것입니다. 왕께서는 그런 것에 조금도 심려하실 일이 아닙니다. 크레온의 의도가 무엇인지는 때가 되면 신께서 밝혀 주실 겁니다.

오이디푸스 : 왕비의 말을 들으니 한 가지 사실이 나를 두렵게 하고, 내 영혼을 뒤흔들어 놓았소.

이오카스테 : 아니, 무엇이 두렵단 말입니까?

오이디푸스 : 당신 말로는, 라이오스왕이 세 갈래 길에서 돌아가셨다고 한 것 같은데.

이오카스테 : 그렇다더군요. 아직도 그렇게 믿고 있답니다.

오이디푸스 : 그곳이 정확히 어디요?

이오카스테 : 그곳은 포키스라고 부릅니다. 거기서 길이 나누어져 하나는 델피로, 하나는 돌리아로 통하고 있지요.

오이디푸스 : 그래, 그 사건이 일어난 것은 정확히 언제쯤이요?

이오카스테 : 그건 당신께서 테베의 왕관을 받기 바로 얼마 전이었습니다.

오이디푸스 : 오오, 제우스 신이시여, 저에게 무슨 운명을 주시려는 겁니까?

이오카스테 : 아니, 그것이 그렇게까지 걱정이 되시나요?

오이디푸스 : 아직 나에게 아무것도 묻지 마시오. 라이오스왕께서는 키가 얼마나 크시고, 연세는 얼마나 되셨소?

이오카스테 : 키는 크셨고, 흰머리가 더러 섞이기 시작하셨는데, 모습은 당신과 별로 다르지 않으셨습니다.

오이디푸스 : 오, 신이여! 그렇다면 깨닫지 못하는 사이에 내 스스로에게 저주를 퍼부었단 말인가?

이오카스테 : 무슨 말씀이세요? 왜 그렇게 무서운 표정을 하십니까?

오이디푸스 : 무서운 의심이지만 그 예언자에게는 정말 보였는지 모르겠소. 한마디만 더 말해 준다면 그것은 더욱 분명해질 것이오.

이오카스테 : 저 또한 두렵습니다만, 물어 보세요. 뭣이든 다 말씀드리지요.

오이디푸스 : 그때 왕께서는 수행원을 얼마나 데리고 가셨소? 몇 사람

만 데리고 가셨소, 아니면 왕의 행차답게 많은 호위병을 거느리고 가셨소?

이오카스테 : 일행은 모두 다섯이었고, 그 중의 한 사람은 길잡이 전령이었으며, 마차는 라이오스왕이 탄 것 한 대 뿐이었어요.

오이디푸스 : 아아, 이건 너무나 분명하구나! 왕비, 도대체 누가 그 얘기를 전해 주었소?

이오카스테 : 홀로 도망쳐 겨우 살아 돌아온 하인입니다.

오이디푸스 : 그래, 그 하인은 아직 왕궁에 있소?

이오카스테 : 아니, 없습니다. 그가 돌아온 직후 당신께서 돌아가신 라이오스왕 자리를 이어 받아 집권하시게 되었을 때, 그는 내게 무릎을 꿇고 이곳에서 멀리 떨어진 시골로 가서 양을 치게 해달라고 빌었습니다. 충직한 하인이었기에 허락했습니다.

오이디푸스 : 그 자를 즉시 이리로 불러올 수 있겠소?

이오카스테 : 그거야 쉬운 일입니다만, 어째서 그를 보시려 하십니까?

오이디푸스 : 이미 말했지 않소. 더 이상의 말은 필요치 않고, 그 자를 반드시 만나야겠소.

이오카스테 : 그러시다면 서둘러 그를 불러오도록 하지요. 하지만 왕이시여, 무엇이 두려워 그러시는 것입니까?

오이디푸스 : 모두 이야기하리다. 나를 엄습한 공포가 너무나 두렵소.

운명이 이 지경에 이르렀으니 소중한 당신 말고 누구에게 이야길 하겠소? 나의 아버지는 코린토스의 왕 폴리보스였고, 어머니는 도리스 사람인 메로페 왕비였소. 나는 나라 안에서 가장 뛰어난 사나이로 알려져 있었소. 그런데 어느 날 이상한 일이 일어났소. 지금 생각해 보면 그렇게 걱정할 만한 일은 아니었는데, 그땐 내 마음을 온통 빼앗겼던 일이었소. 연회장에서 술이 잔뜩 취한 한 친구가 나보고 네 아버지의 진짜 아들이 아니라고 떠들어댔던 것이오. 화가 나긴 했지만, 그 날은 꾹 참고 있었소. 다음 날 나는 부모님께 사실을 여쭈어 보았지요. 그분들은 그 따위 소리를 지껄인 자에게 몹시 역정을 내셨소. 그것으로 내 마음이 놓이긴 했지만, 소문은 금세 퍼져 나갔소. 그래서 난 늘 불안한 마음을 떨쳐버릴 수가 없었소. 나는 부모님께 아무 말씀 드리지 않고 신탁을 구하러 델피로 갔었소. 그러나 아폴론 신께서는 내 물음에 답하지 않으시고, 다른 무섭고 비참한 이야기를 들려 주셨소. 그건 내가 어머니와 잠자리를 같이 해서, 만인이 혐오할 자식을 낳고, 나를 낳은 아버지를 살해할 운명이라는 것이었소. 이 소름끼치는 이야길 듣고 나는 도저히 코린토스로 되돌아 갈 수가 없었소. 그와 같은 치욕적인 신탁이 이루어질 수 없도록 고국과는 멀리 떨어진 곳을 찾아 도망을 쳤던 것이오. 그렇게 길을 가던 중 당신이 라이오스왕께서 돌아가셨다고 말한 바로 그 장소에 이르게 되었소. 오, 왕비여. 잘 들어 보시오. 이것은 틀림없는 사실이오. 내가 그 세 갈래 길에 다다랐을 때, 깃발을 든 시종과 마차에 탄 노인을 만났는데, 그 노인의 모습과 나이는 당신이 말한 그대로였소. 그런데 그들은 위협적인 몸짓으로 길을 비키라고 나에게 명령했소. 나는 화가 치밀어서 나를 밀어 제쳤던 시종을 몽둥이로 한 대 갈겨버렸소. 이것을 본 노인은 내가 옆으로 지나가기를 기다렸다가 마차 안에서 두 갈래로 갈라진 지팡이로 내 머리를 힘껏 내려쳤소. 그러나 노인은 더 큰 앙갚음을 받게 되었소. 난 내 지팡이로 재빨리 되받아쳤고, 한 대 얻어맞은 노인은 마차 밖으로 굴러 떨어지고 말았소. 나는 남은 자들까지 모조리 죽여 버리고 말았소. 만약 그 노인과 살해당한 라이오스왕이 같은 인물이라면 나보다 더 비참하고 저주받을 인간이 어디 있겠소? 나야말로 어떤 사람도 그의 집에 들여서는 안 될 사람이고, 말을 걸어서도 안 될 사람이고, 집에서 몰아내야 할 사람이오. 이런 저주를 내린 사람은 바로 내가 아닌가 말이오. 내가 죽인 자의 침상을 이제 이 손들이 더럽히고 있는 것이오. 오, 나는 얼마나 천하고 불결한 자요? 나는 마땅히 추방되어야 할 몸이오. 그러나 고향으로 돌아갈 수는 없는 일이오. 부모님을 만날 수도 없는 일이오. 고국에 남아 살면 어머니의 남편이 되고 아버지 폴리버스를 살해하게 된다기에 고국을 등지고 도망쳐 왔는데 말이오. 잔인한 신이시여, 어찌 이런 운명을 나에게 지웠나이까? 존귀한 신이시여, 그런 날이 오지 않도록 보살펴 주소서! 아니, 그런 끔찍한 악행의 흔적을 지니고 사느니, 차라리 죽어서 이 세상에서 없어지게 하소서!

코 러 스 : 왕이시여, 당신의 말씀은 우리를 두렵게 합니다. 그러나 그 일을 목격한 자의 이야기를 듣기 전까지는 희망을 버리지 마소서.

오이디푸스 : 양치기의 도착을 기다리는 일, 그것만이 내 유일한 희망이오.

이오카스테 : 그에게서 무슨 희망을 기대하세요?

오이디푸스 : 말하리다. 만약 그 자의 말이 당신의 말과 일치한다면, 나는 무죄가 될 것이오.

이오카스테 : 제가 무슨 말을 했기에 그러시는 것입니까?

오이디푸스 : 그 양치기는, 당신 말에 따르면, 강도들이 라이오스왕을 살해했다고 했소. 만약 그가 지금도 여전히 강도들

이라고 말한다면, 왕을 죽인 것은 내가 아니오. 하나는 여럿과 같을 수가 없기 때문이오. 그러나 만약 살해자가 한 사람의 나그네였다고 말한다면, 유죄의 무거운 짐은 내게 지워지는 것이오.

이오카스테 : 아무튼 그가 그렇게 말한 것은 틀림없습니다. 지금 와서 스스로 말한 것을 돌이킬 수는 없을 것입니다. 저뿐만 아니라 온 나라가 그 얘기를 들었으니까요. 그리고 설사 처음 얘기와 다소 다른 점이 있다 하더라도, 왕이시여, 라이오스왕께서 신탁대로 돌아가셨다는 것을 그자는 결코 증명하진 못할 것입니다. 아폴론 신께서는 분명히 왕은 친자식 손에 돌아가시게 된다고 말씀하셨기 때문입니다. 하지만 가엾은 그 아이는 왕을 죽이기는커녕 자신이 먼저 죽고 말았습니다. 이제는 신탁 때문에 신경을 쓰느라 시간을 낭비할 생각은 없습니다.

오이디푸스 : 그래요, 옳은 말입니다. 하지만 사람을 보내서 양치기 하인을 불러들이도록 해주시오.

이오카스테 : 당장 사람을 보내겠습니다. 하지만 이제 내전으로 드셔서 마음을 좀 가라앉히도록 하세요.

(오이디푸스와 이오카스테 함께 퇴장)

코 러 스 1 (송가1) :

    우리 삶의 시작과 끝은 경건하고 겸손한

    말과 행동으로 이루어지게 하소서.

    올림포스 신들이 관장하는 천상의 법이 있으나,

    필멸의 인간은 그 법을 알지 못하도다.

    인간의 눈에 보이지 않는

    그 법의 권능은 사라지지 않나니

    신은 불노불사의 존재로

    이 권능 안에서 활보하고 있기 때문이다.

코 러 스 2 (답송1) :

    오만은 폭군을 낳나니,

    부와 권력에서 자라난 오만은

    지혜와 절제를 무시하고

    인간을 세계의 정상에 올려놓았다가

    다음 순간 그를 멸망의 나락으로 떨어뜨리리라.

    그 밑바닥에서 인간은 살아갈 수도 도망칠 수도 없

    나니,

    그러나 신들이여, 이 도시를 구하려는 필사의 노력을

    저버리지 마시고 우리를 보호해 주시옵소서!

코 러 스 1 (송가 2) :

　　　말과 행위가 오만으로 가득한 자

　　　정의를 두려워하지 않고 오만 가운데서 생의 행로를
　　　걷는 자

　　　성소를 경외하지 않는 자 - 이런 자는 참혹한 파멸에
　　　떨어지게 하소서!

　　　추악한 이득만을 찾는 자, 거룩한 것에 난폭하게 손을
　　　대는 자,

　　　불의의 행위를 추구하는 자 -

　　　이들 가운데 누가 감히 신의 분노를 피할 수 있으리오?

　　　이런 행위들이 세상에서 명예를 얻는다면

　　　어느 누가 신들의 성스러운 춤에 참석하리오!

코 러 스 2 (답송 2) :

　　　만약 저 신탁이 인간 모두에게 분명해지지 않는다면,

　　　세상의 중심 아폴론 신전이 어찌 인간의 경배를 받으
　　　리오.

　　　올림포스의 최고신 제우스의 사원마저

　　　인간에게 멸시받지 않으리오.

　　　권능의 제우스여, 위대한 지배자여, 이 땅을 굽어보
　　　소서!

당신의 신탁은 이제 경멸의 대상으로 전락하고
인간들은 아폴론의 능력을 부인하고 있나이다.
신들에 대한 존경이 이 땅에서 사라지고 있나이다.

대화와 노래 3

같은 곳. 테베의 왕궁 앞 광장

(이오카스테, 월계수 화환과 향로를 든 시녀와 함께 등장)

이오카스테 : 테베의 원로들이여, 나는 신전을 찾아가서 이 화환을 바치고 향불을 피워 탄원하고자 합니다. 온갖 공포가 오이디푸스 왕을 사로잡고 있어 그분의 판단력은 흐려지고 말았습니다. 과거를 통해 미래를 읽어 내려하지 않고 공포를 말하는 입술들에만 귀를 기울이고 있습니다. 제가 무슨 말씀을 드려도 소용이 없습니다. 가까이 계시는 아폴론 신이시여, 이 제물을 드리는 당신의 탄원자를 맞아 주소서. 우리에게 구원과 평화를 허락하여 주소서. 이 배의 선장인 오이디푸스 왕이 두려움에 휩싸여 있어 우리 모두가 공포의 노예가 되었습니다.

(왕비는 제단에 봉납하고 기도한다.)

(코린토스에서 온 목자 등장)

코린토스의 목자 : 여보시오, 오이디푸스 왕의 궁전이 어딘지 좀 가르
　　　　　　　　쳐 주시겠소. 아니, 그보다 왕께서 지금 어디 계신지 가
　　　　　　　　르쳐 주시는 게 더 좋겠소.

코　러　스 : 이곳이 궁전이고, 왕께선 안에 계십니다. 여기 계신 이분은
　　　　　　　　그분 자식들의 어머니이자 왕비님이십니다.

코린토스의 목자 : 왕비님과 자손들에게 신의 축복이 있으시길!

이오카스테 : 신의 축복이 노인께도 함께 하시길! 그런데 그대는 누구
　　　　　　　　며, 무슨 소식을 가져 왔는지?

코린토스의 목자 : 왕비님, 왕가와 왕께 좋은 소식이올시다.

이오카스테 : 무슨 소식? 그런데 누가 그대를 이곳에 보냈소?

코린토스의 목자 : 코린토스에서 왔습니다. 제가 가져온 소식을 들으
　　　　　　　　시면 정녕 기뻐하실 겁니다. 비록 그 기쁨이 슬픔도 함
　　　　　　　　께 잉태한 것이기는 하지만.

이오카스테 : 기쁨과 함께 슬픔이라니 그 모호한 말의 뜻은 무엇
　　　　　　　　이오?

코린토스의 목자 : 지금 코린토스에서는 오이디푸스님을 새 왕으로

추대하는 절차가 이루어지고 있습니다.

이오카스테 : 무엇이라고요? 폴리보스왕께서 더 이상 통치하지 않으
신단 말씀이오?

코린토스의 목자 : 그렇습니다. 돌아가셔서 무덤 속에 계십니다.

이오카스테 : 무슨 말이오? 노인장. 폴리보스왕께서 돌아가셨다고
요?

코린토스의 목자 : 네, 돌아가셨습니다. 목숨을 걸고 맹세합니다.

이오카스테 : (시녀에게) 어서 왕께 가서 이 소식을 아뢰어라! 아아, 신
탁의 말씀은 어찌되었단 말인가! 오이디푸스님께서는
타고난 운명으로 그분을 죽이게 될까봐 오랫동안 두
려워하면서 멀리 피해 계셨는데, 이제 그분은 오이디푸
스님의 손이 아니라 천명으로 돌아가셨군요.

(오이디푸스 등장)

오이디푸스 : 왕비는 무슨 일로 나를 다시 불러내었소?

이오카스테 : 이 사람 말 좀 들어보세요. 그리고 신들의 무서운 신탁
이 어떻게 되었는지 판단하세요.

오이디푸스 : 이 사람은 누구요? 나에게 무엇을 알리려는 거요?

이오카스테 : 당신의 아버님이신 폴리보스왕께서 이미 돌아가셨다는
소식을 가지고 코린토스에서 온 사람입니다.

오이디푸스 : 무엇이라고? 손님, 그대의 입으로 직접 말해 보시오.

코린토스의 목자 : 우선 그 소식부터 분명하게 밝혀야 한다면 말씀드리지요. 그분은 돌아가셨습니다.

오이디푸스 : 암살이었소, 아니면 병환이었소?

코린토스의 목자 : 사소한 병도 노인에겐 치명적이지요.

오이디푸스 : 불쌍한 아버님, 병환으로 돌아가셨군요.

코린토스의 목자 : 그렇습니다. 노령에 병환이 겹쳐 돌아가셨습니다.

오이디푸스 : 아아, 왕비, 이건 정말 내가 부친을 죽일 것이라고 신탁을 내린 아폴론의 신전도, 예언자의 새들도 모두 헛된 것 아니오. 아버지는 돌아가셔서 이미 땅 속에 묻히셨으나, 나는 칼을 빼어들지도 않고 여기 있으니, 설혹 잃어버린 아들 생각이 간절하셔서 아버님이 돌아가셨다 해도 그로 인해 나를 살인자라 부를 수는 없을 것이오. 아버님에 관한 신탁은 아무 가치가 없게 되었소. 아버님은 그 신탁을 자신과 함께 무덤으로 가지고 가셨소.

이오카스테 : 신탁 따위에 너무 괘념치 마시라고 오래전부터 말씀드리지 않았습니까?

오이디푸스 : 그랬었지요. 하지만 나는 공포심으로 판단력이 흐려져 있었소.

이오카스테 : 이제는 그런 일들에 더는 심려 마세요.

오이디푸스 : 그러나 어머니와 결혼할 것이라는 신탁을 어찌 두려워
하지 않을 수 있겠소?

이오카스테 : 인간이 걱정한들 무엇 하겠어요? 우리의 삶은 우연에 의
해 다스려진답니다. 아무도 미래를 내다볼 수는 없어
요. 삶은 자신의 뜻대로 최선을 다해 살아가는 것입니
다. 어머니와 결혼이라는 것도 두려워할 것이 못됩니
다. 많은 남자들이 그런 두려움을 가지지만 그렇게 이
루어지는 것은 오직 꿈속일 뿐이랍니다. 그리고 이런
일들을 대수롭지 않게 여기는 사람은 인생의 짐도 가
볍답니다.

오이디푸스 : 나를 낳은 분이 돌아가셨다면, 당신의 지혜로운 말을
받아들이겠지만 아직도 살아 계신데 어찌 두려움에 떨
지 않을 수 있겠소?

이오카스테 : 하지만 아버님이 돌아가신 일만으로도 불행 중 다행입
니다.

오이디푸스 : 그건 그렇소, 그러나 어머님이 살아 계신 동안은 안심할
수가 없소.

코린토스의 목자 : 그 여자가 누구기에 그렇게 두려워하시나요?

오이디푸스 : 노인장, 메로페라는 폴리보스왕의 왕비라오.

코린토스의 목자 : 그런데 그분이 어째서 두렵단 말씀인가요?

오이디푸스 : 그건 노인장, 신의 무서운 예언이 있었기 때문이오.

코린토스의 목자 : 무슨 예언인지 알 수 있을까요? 밝힐 수 없는 비밀인가요?

오이디푸스 : 비밀이랄 것도 없소. 오래전에 받은 아폴론의 신탁은 내가 어머니와 잠자리를 같이 하고, 아버지를 죽일 운명이라는 것이었소. 그게 내가 지금까지 코린토스를 떠나 살게 된 이유요. 다행이 운이 좋아 이 자리까지 올랐지만, 때로는 부모님이 그립기도 했소.

코린토스의 목자 : 그 신탁이 두려워서 코린토스를 떠나신 겁니까?

오이디푸스 : 노인장, 내 아버지의 살해자가 되고 싶지 않았기 때문이오.

코린토스의 목자 : 그렇다면 왕이시여, 제가 기쁜 소식을 가져왔는데도 어째서 근심은 사라지질 않습니까?

오이디푸스 : 물론 당신의 소식에는 응분의 상을 내려 주겠소.

코린토스의 목자 : 저 역시 왕께서 고국으로 돌아가시는 날에는 제게도 좋은 일이 있으려니 생각했기 때문에 이곳에 온 것입니다.

오이디푸스 : 아니, 다시는 부모님 곁으로 돌아가지 않겠소.

코린토스의 목자 : 지금 당신은 무엇을 하고 계시는지 도무지 모르는군요.

오이디푸스 : 노인장, 무슨 말씀이요. 제발 그 까닭을 좀 말해 주오.

코린토스의 목자 : 당신의 귀국을 막고 있는 이 두려움이 …

오이디푸스 : 그렇소. 바로 그것이요. 아폴론의 신탁이 성취될 수 있을지 모른단 말이요.

코린토스의 목자 : 양친의 일로 죄를 저지를까 바 두려운 것입니까?

오이디푸스 : 바로 그렇소, 노인장. 나는 그것이 늘 무서웠소.

코린토스의 목자 : 그렇다면 당신의 두려움은 정말 헛된 것입니다.

오이디푸스 : 헛된 것이라니? 내가 바로 그 부모님에게서 태어났는데도?

코린토스의 목자 : 걱정 마십시오. 당신은 그들의 친자식이 아닙니다. 왕께서는 폴리보스왕의 혈통과는 아무런 관련이 없습니다.

오이디푸스 : 무슨 소리요? 폴리보스왕이 내 아버님이 아니시라고?

코린토스의 목자 : 이 늙은이 하고 마찬가지지요. 전혀 다를 바 없습니다.

오이디푸스 : 어째서 내 아버님을 그대와 비교한단 말이오?

코린토스의 목자 : 내가 당신 아버님이 아니듯 그분도 분명히 아닙니다.

오이디푸스 : 그러면 어째서 그분이 나를 아들이라고 부르셨단 말이오?

코린토스의 목자 : 제가 그분께 당신을 선물로 바쳤다는 것을 알아두십시오.

오이디푸스 : 그래도 남에게서 받은 아이를 그렇게까지 극진히 귀여워

해 주셨단 말이오?

코린토스의 목자 : 그때까지 어린애가 없었기 때문이죠.

오이디푸스 : 그렇다면 노인은 그때 나를 샀소? 아니면 어쩌다 길에
　　　　　서 주웠소?

코린토스의 목자 : 첩첩이 깊은 키타이론 산의 골짜기에서 발견했습
　　　　　니다.

오이디푸스 : 어떻게 그런 골짜기에 가게 되었소?

코린토스의 목자 : 거기서 양떼를 치고 있었죠.

오이디푸스 : 뭐. 양치기였었다고? 폴리보스왕께 고용된 목자였단 말
　　　　　이오?

코린토스의 목자 : 그렇소. 비록 양치기였지만 그날은 당신의 구원자
　　　　　였소.

오이디푸스 : 그대가 나를 안았을 때, 나는 어떤 고통을 당하고 있었
　　　　　소?

코린토스의 목자 : 그야 당신의 발뒤꿈치가 증명하고 있지요.

오이디푸스 : 아아, 어쩌자고 내 옛 상처를 말한단 말인가?

코린토스의 목자 : 누군가가 당신의 발목을 쇠꼬챙이로 뚫어 묶어 놓
　　　　　은 것을 제가 풀어 드렸습니다.

오이디푸스 : 그것은 사실이요. 나는 이 흉터들을 요람에서부터 지니
　　　　　고 나왔소.

코린토스의 목자 : 발목이 부풀어 오른 자, 오이디푸스란 당신 이름

도 바로 그곳에서 왔습니다.

오이디푸스 : 제발 부탁이오. 누가 그랬단 말이오? 어머닌가 아니면 아버진가? 제발 말해 주오.

코린토스의 목자 : 모르겠습니다. 그건 당신을 저에게 준 사람이 더 잘 알고 있을 겁니다.

오이디푸스 : 나를 당신에게 주었다고? 그러면 당신이 나를 직접 발견한 것은 아니군?

코린토스의 목자 : 그렇습니다. 다른 양치기가 저에게 주었습니다.

오이디푸스 : 그게 누구요? 그가 누군지 말해줄 수 있겠소?

코린토스의 목자 : 들은 바로는 라이오스 집안의 하인이라 했습니다.

오이디푸스 : 전에 이 나라를 다스리셨던 왕 말이오?

코린토스의 목자 : 그렇습니다. 그분의 양치기였습니다.

오이디푸스 : 그 사람은 아직 살아 있소? 내가 만나 볼 수 있을까요?

코린토스의 목자 : 그건 당신네 나라 사람들이 더 잘 알고 있겠지요.

오이디푸스 : 여기 있는 사람들 중에서 이 노인이 말하는 그 양치기를 아는 사람이 있는가? 이 근처나 들판에서 그를 본 사람이 있다면 지체 없이 내게 말하기 바란다.

코 러 스 : 앞서 만나고 싶다고 하신 충직한 하인 말씀인 듯 합니다. 그러나 누구보다도 이오카스테님께서 가장 잘 말씀해 주실 수 있을 겁니다.

오이디푸스 : 왕비여, 저 노인장이 말하는 사람이 바로 우리가 조금

전에 부르러 보낸 그 하인이 맞소?

이오카스테 : *(공포로 창백해지면서)* 누구건 무슨 상관이에요? 더 이상 신
경쓰지 마세요. 쓸데없는 이야기이니 무시하고 잊어버
리세요.

오이디푸스 : 이렇게 단서가 잡혔는데도, 내 출생의 비밀을 묻어둘 수
는 없소.

이오카스테 : 제발 당신의 목숨을 소중히 여기시거든, 그렇게 들춰내
는 일은 그만두세요. 이젠 더 견딜 수가 없군요.

오이디푸스 : 염려 마시오. 내가 설사 삼 대째 태어난 노예의 자식임이
판명된다 하여도 왕비의 명예에는 누를 끼치지 않을
것이오.

이오카스테 : 오, 이렇게 빌 테니 제발 그만 두세요! 제발 더 이상 알
려고 하지 마세요.

오이디푸스 : 그럴 수는 없소. 진실을 알지 못한 채 내버려 둘 수는
없소.

이오카스테 : 그렇지만 저는 당신을 위해서 가장 좋은 길을 권하고
있는 겁니다.

오이디푸스 : 왕비에게는 가장 좋은 길일지 모르지만, 나는 극심한 괴
로움을 벗어날 수가 없소.

이오카스테 : 불행도 하셔라. 차라리 죽을지언정 진실을 알 생각은 제
발 마세요!

오이디푸스 : 누구든지 빨리 가서 그 양치기를 즉시 데려오너라. 왕비
에겐 고귀한 신분의 자긍심을 한껏 누리도록 내버려
두고.

이오카스테 : 아아, 어둠의 운명을 타고난 가엾은 분! 이 말 외에 달리
당신을 부를 이름이 이제 그리고 앞으로 영원히 없을
것입니다.

(이오카스테, 궁 안으로 퇴장)

코　러　스 : 어찌하여 왕비께서 저렇게 비통해 하시며 가는 것입니
까? 그분의 침묵으로부터 무슨 불길한 일이 터져 나올
것만 같습니다.

오이디푸스 : 어떠한 불길한 일이 터진다 해도 상관없소. 아무리 비천
해도 내 출생의 비밀은 반드시 밝히고야 말겠소. 왕비
는 다른 여인들보다 자부심이 강하여 나의 천한 출생
을 부끄럽게 여길 거요. 그러나 부모의 얼굴조차 모르
는 나는 내 자신을 행운의 여신 아들로 생각하고 전혀
부끄러워하지 않을 거요. 버려진 아이였음을 결코 치욕
으로 생각지 않고, 여신으로부터 낳음의 은혜를 입었
노라고 당당하게 말하겠소. 행운의 여신이 나의 어머니
이고, 나의 삶은 달과 더불어 때로는 흥하고 때로는 기

울기도 해왔소. 나는 그렇게 태어났으니 내 출신을 알

기 위해 어떤 일도 마다하지 않겠소.

코 러 스 : 만약 내가 예언의 능력을 가졌다면 그리고

지혜롭고도 확고한 판단력을 가졌다면

오오, 키타이론 산이여, 다음 둥근 달이 떠오를 때

우리는 그대를 춤과 축제로 칭송을 하리라.

오이디푸스가 발견된 산

왕의 유모인 그 산을 위해

우리는 춤추며 칭송하리라.

아폴론 신이시여, 목소리 드높여 기원하나니

우리의 기도가 이루어지게 하소서!

오, 아들이여, 그대의 어머니는 누구인가?

그대를 목신 판(Pan)에게 낳아준 산의 정령,

영원히 늙지 않는 요정인가?

아니면 언덕진 초원을 다정히 거니는

아폴론 신이 그대의 아버지였던가?

아니면 드높은 킬레네 산의 정상을 다스리는

헤르메스 신의 아들인가?

아니면 헬리콘 산에서 요정으로부터 그대를 받아든

디오니소스 신이 그대의 아버지인가?

대화와 노래 4

같은 곳. 테베의 왕궁 앞 광장

(멀리서 왕의 시종들과 테베의 목자 등장)

오이디푸스 : 여러 원로분들, 아직 그 자를 직접 만난 적은 없지만, 짐
작컨대 아까부터 우리가 기다리던 양치기 목자가 저기
오고 있는 것 같소. 연배도 이 노인과 비슷하고, 그를
데려오는 자들도 내 시종들 같고. 그러니 그대들이 저
양치기를 전에 본 적이 있다면, 아마 나보다 더 잘 알
고 있겠지.

코 러 스 : 알고말고요. 라이오스왕을 모시던 하인으로서 매우 충
직한 사람이었습니다.

(양치기 등장)

오이디푸스 : 우선 코린토스에서 온 목자에게 묻겠소. 저 사람이 그대
　　　　　가 말한 그 사람 맞소?

코린토스의 목자 : 그렇소. 바로 그 사람입니다.

(나이 많은 목자가 시종들의 호위를 받으며 등장)

오이디푸스 : 자, 고개를 들어 나를 보고 질문에 대답하라. 그대는 전
　　　　　에 라이오스왕을 섬긴 적이 있는가?

테베의 목자 : 그렇습니다. 노예는 아니었고 어려서부터 라이오스왕
　　　　　의 궁에서 자랐습니다.

오이디푸스 : 어떤 일을 하며 지내고 있었나?

테베의 목자 : 평생 양떼를 보살피고 있었습니다.

오이디푸스 : 양떼를 몰고 어느 지역으로 주로 다녔던가?

테베의 목자 : 키타이론 산이기도 했고, 그 근처이기도 했습니다.

오이디푸스 : 그렇다면 그 근처에서 저 노인을 본 기억이 나겠군.

테베의 목자 : 무슨 말씀이십니까? 누구를 보았다고 말씀하시는 겁
　　　　　니까?

오이디푸스 : 여기 이 사람 말이오. 전에 만난 적이 있는가?

테베의 목자 : 글쎄올시다. 얼른 생각이 나지를 않는군요.

코린토스의 목자 : 그것도 그럴 것입니다. 그러나 제가 그의 기억을

분명하게 되살려 놓겠습니다. 그러면 키타이론 땅에 있었던 때의 일을 잘 기억해 낼 것입니다. 저 사람은 양 두 떼, 저는 한 떼를 몰고 꼬박 삼 년을 봄부터 가을까지 거의 반년씩 그곳에 있었습니다. 겨울이 되면 저는 양떼를 제 우리에, 저 사람은 라이오스왕의 우리에 몰아넣었습니다. 내 말이 맞지. 안 그런가?

테베의 목자: 옳은 말이오, 하지만 오래전 일이요.

코린토스의 목자 : 그럼 묻겠는데, 그때 자넨 나에게 강보에 쌓인 어린애를 주지 않았나? 나더러 양자 삼아 기르라고.

테베의 목자: 뭐라고? 그건 왜 묻지?

코린토스의 목자 : 이 사람아, 자넨 앞에 서 계신 분이 바로 그때 어린애란 말이네.

테베의 목자: 염병할 놈! 입 닥치지 못해!

오이디푸스 : 진정하시오. 이 사람은 그대보다 더 정직하게 말하고 있소.

테베의 목자: 제가 무슨 잘못을 저질렀단 말입니까?

오이디푸스 : 이 노인이 묻고 있는 그 어린애에 관해서 그대는 아직 아무런 대답도 안했기 때문이오.

테베의 목자: 저 자는 아무것도 모르는 주제에 허튼 소릴 지껄이고 있습니다.

오이디푸스 : 바른대로 말하지 않으면 강제로라도 이야기하게 만들

겠소.

테베의 목자: 그저 이 늙은이를 용서하십시오.

오이디푸스: 여봐라, 당장 이 자의 두 손을 묶어라.

테베의 목자: 아이고, 이게 웬일입니까. 무엇을 더 들으시겠단 말씀입니까?

오이디푸스: 이 자가 묻고 있는 그 어린애 말인데, 그대가 이 사람에게 주었는가?

테베의 목자: 주었습니다. 차라리 그날 내가 죽었어야 했는데.

오이디푸스: 바른대로 말하지 않으면 그렇게 되리라.

테베의 목자: 아닙니다. 제가 말하면 더욱 큰일이 일어날 것입니다.

오이디푸스: 아직도 우물쭈물할 셈이로구나.

테베의 목자: 아닙니다. 저 사람에게 주었다고 아까 말씀드렸습니다.

오이디푸스: 그 아이는 누구의 아이냐? 그대의 아이냐, 아니면 다른 사람의 아이냐?

테베의 목자: 제 아이는 아니고 다른 사람의 아이였습니다.

오이디푸스: 누구 말인가? 어느 집 말인가?

테베의 목자: 제발 소원입니다. 왕이시여, 더는 묻지 마십시오.

오이디푸스: 또다시 내게 물어 보게 하면 그대는 죽음을 당하리라.

테베의 목자: 그건 라이오스 집안의 아기였습니다.

오이디푸스: 하인의 아기인가? 아니면 라이오스왕의 친아들인가?

테베의 목자: 오 어째야 좋단 말인가? 아무래도 무서운 말을 해야겠

으니.

오이디푸스 : 아무리 무서운 말이라도 기어이 들어야겠다.

테베의 목자 : 왕의 친아들이라고 말했습니다. 그러나 안에 계신 왕비
께서 그 사연을 더 잘 알고 있습니다.

오이디푸스 : 뭐라고? 아이를 그대에게 준 것이 왕비였단 말이냐?

테베의 목자 : 그렇습니다.

오이디푸스 : 어떻게 하라고?

테베의 목자 : 죽이라고 하셨습니다.

오이디푸스 : 자기 자식인데? 어찌 그럴 수가?

테베의 목자 : 불길한 신탁이 두려워했기 때문입니다.

오이디푸스 : 무슨 신탁?

테베의 목자 : 그 애가 자라 아버지를 죽인다는 신탁입니다.

오이디푸스 : 그럼, 왜 그대는 아이를 죽이지 않고 저 노인에게 주었
는가?

테베의 목자 : 그 어린것이 가엾어서 그랬습니다. 아기를 먼 곳으로
데려가면 아무 일 없겠거니 하고 생각했습니다. 그렇지
만 아이를 살려 놓았기 때문에 이런 끔찍한 일이 벌어
지고 말았습니다. 왕께서 바로 이 사람이 말하는 분이
시라면, 정말 불행한 운명을 갖고 태어나셨습니다.

오이디푸스 : 아아, 모든 것이 분명해졌구나, 오오, 빛이여, 다시는 너
를 보지 못하게 해 다오! 이 몸은 저주스럽게 태어나

서, 저주받은 혼인을 하고, 죽여서는 안 될 분의 피를
흘렸구나!

(오이디푸스, 궁 안으로 뛰어 들어간다)

코 러 스 1 (송가1) :

　　아아, 인간의 자손들이여,

　　그대들의 짧은 생애여,

　　어느 인간이 행운을 얻었다 해도

　　그것은 한 순간 허망하게 지나가는

　　한 줄기 환영인줄 몰랐던가?

　　아아, 불행한 오이디푸스여,

　　당신의 파멸을 목도하면서

　　어느 누가 감히 인간을 행복하다 하리오?

코 러 스 2 (답송1) :

　　오이디푸스여, 그대는 누구보다 큰 영광을 얻었소,

　　인간에게 최상의 욕망이라 할 수 있는 권력과 부를 얻

　　었소.

　　구부러진 발톱, 처녀의 얼굴과 새의 날개를 가진

　　스핑크스의 어려운 수수께끼를 제압했소.

　　그대는 권능의 탑과 같이 테베 위에 우뚝 서서

우리의 왕관을 받았고

우리가 줄 수 있는

테베의 왕위를 받았소.

코 러 스 1 (송가 2) :

오, 이보다 더 슬픈 이야기가 또 어디에 있으랴?

어느 누구의 운명이 우리의 왕보다 더 끔찍하게 파멸

되어

먼지와 재속에 뒹굴고 있으랴?

오, 높은 이름의 오이디푸스여!

어떻게 그럴 수가 있었소?

어떻게 자기를 낳은 어머니의 남편이 될 수 있었소?

그런 처참한 일이 어떻게 그리 오래

드러나지 않을 수 있었소?

코 러 스 2 (답송 2) :

모든 것을 지배하는 시간,

인간의 노력을 초월한 시간이

그대의 불행한 결혼을 폭로하고 벌하였습니다.

자식에서 남편이 된 이여!

라이오스의 아들이여!

우리는 그대를 똑바로 쳐다볼 수가 없습니다!

그대의 운명을 죽은 자를 애도하듯 슬퍼합니다.

우리의 생명을 구원했던 분이여

이제는 그대의 생명을 어둠으로 이끌어가소서.

종막

같은 곳. 테베의 왕궁 앞 광장.

(궁정 안에서 전령 등장)

전　　령 : 경애하는 테베의 백성 여러분, 여러분들이 진정한 테베인
　　　　　으로 랍타쿠스 왕가를 사랑한다면 큰 슬픔의 짐을 지
　　　　　셔야 하겠습니다. 여러분들이 이제 듣고 보아야 할 일
　　　　　들이 얼마나 무서운지 모르겠습니다. 이스테르 강물도,
　　　　　파시스강의 홍수도 이 집안의 오욕을 씻어낼 수는 없
　　　　　을지니, 스스로를 들어낸 악의 존재와 같이 감추어진
　　　　　모든 것이 만인 앞에 들어났습니다! 모든 고통 가운데
　　　　　우리가 우리 자신에게 스스로 불러들인 불상사로 고
　　　　　통은 더욱 큰 것입니다.
코　러　스 : 지금까지 알고 있는 이야기만 해도 눈물을 참을 수가

없는데, 그밖에 또 무얼 알리겠단 말인가?

전　　령 : 간단히 말씀드리죠. 왕비께서 돌아가셨습니다.

코 러 스 : 아아 가엾은 분, 도대체 어찌 된 일인가?

전　　령 : 목을 매어 자결하셨습니다. 이 참상을 직접 보지 않은 여러분은 괴로운 경험을 면하셨습니다만, 왕비의 운명이 어떠하였는지 제가 기억하는 대로 말씀드리겠습니다. 왕비께서 궁 안으로 들어왔을 때는 거의 제 정신이 아니었습니다. 두 손으로 머리를 쥐어뜯으며 침실로 곧장 들어가 문을 잠그시고는 이미 오래전에 돌아가신 라이오스왕의 이름을 소리쳐 부르셨습니다. "라이오스, 라이오스! 당신은 그렇게 죽음을 맞이했지만, 어미 된 나는 자식에게 자식을 낳아주는 저주의 몸이 되고 말았소." 왕비는 침대를 저주하며 울고 또 울었습니다. 그 침대에서 왕비는 남편과의 관계로 남편을 임신했고, 아들과의 관계에서 또 다른 아이들을 낳았던 것입니다. 몸서리나는 이중의 혈연관계입니다. 그 다음에 어떻게 돌아가셨는지 저희는 모릅니다. 오이디푸스 왕께서 소리치시며 뛰어들어 오셨기 때문에 왕비의 임종을 알아볼 여유가 우리에게 없었습니다. 벽력같이 들이닥친 왕은 마주치는 사람들에게 "칼을 다오, 칼을 다오" 하고 외치며 그의 아내, 곧 그의 자식들과 그 자신을 함께 낳은 왕비가 어디 있느냐고 외쳤습니다. 그리고는 미친 듯 내전 이곳저곳을 뒤졌습니다. 그 기세에 눌려 우리는 아무 말도 못하고 있었는데, 왕은 무슨 힘에 이끌리듯 왕비의 침실로 내달아서 안으로 내린 빗장을 부수어 버리고 방안으로 들어갔습니다. 거기! 아 거기서 우리는 올가미에 목이 메어져 아직 앞뒤로 흔들리고 있는 왕비를 발견했습니다. 왕은 참혹한 신음소리와 함께 올가미를 풀고 죽은 왕비를 바닥에 뉘었습니다. 그 다음 진짜 참상이 우리 눈앞에 벌어졌습니다. 왕은 왕비의 옷에 달려있던 금빛 브로치를 빼내서 힘을 다해 자신의 두 눈을 찔러버렸습니다. 그리고 이렇게 소리쳤습니다. "더 이상 내 눈은 내 생의 무서운 일들을 보지 못하게 되었다. 내가 저지른 일들, 내가 겪은 고통들을 더 이상 보지 못하게 되었다. 나의 두 눈은 보아서는 안 될 사람들을 너무나 오랫동안 보아왔다. 나의 눈은 내가 보고 싶어 한 사람들을 알아보지 못했다. 눈멀어라, 눈멀어라, 내 눈들을 멀게 하라!" 이렇게 거친 말들을 하면서 그는 눈을 찌르고 또 찔렀습니다. 찌를 때마다 붉은 피가 그의 수염을 타고 흘러내렸습니다. 한 방울 두 방울이 아니라 거친 폭포수처럼 흘러내렸습니다. 이중의 죄에 대한 이중의 처벌이 두

분의 머리 위에 내렸습니다. 이전에 그들이 누렸던 진
정한 행복은 간데없이 사라지고, 이제는 비탄과 파멸
과 죽음과 치욕이 그들을 찾아왔습니다. 그들은 어느
것 한 가지도 피하질 못했습니다.

코 러 스 : 왕은 지금 어떠하오. 아직도 고통을 겪고 있으신지?

전   령 : 왕은 궁전 문을 활짝 열라고 외치셨소. "만인에게 보여
라. 이 아비를 죽인 자, 어미와 … " 차마 그 말을 입
밖에 낼 수가 없군요. 그리고 "나를 이 나라에서 내몰
아라. 여기 더 머물러서 라이오스의 살해범에게 내린
나의 저주가 이 집에 미치지 않도록 하라"는 것이었습
니다. 그러나 그분에게는 힘도 없고, 이끌어 드리는 사
람도 없습니다. 사람으로서 차마 견딜 수 없는 고통스
러운 모습이었습니다. 여러분들도 곧 보시겠지만, 저기
문들이 열리고 있습니다. 이제 곧 그의 모습이 보일 것
입니다. 너무나 슬픈 모습이라 그를 혐오했던 사람들
조차도 동정심을 금할 수가 없을 것입니다.

(앞 못 보는 오이디푸스, 두 눈에 피를 흘리며 등장)

코 러 스 : 아아, 이 얼마나 무서운 일인가!
일찍이 본 적 없는 이 얼마나 처참한 모습인가!

아아, 이 무슨 잔인한 광기인가!

그 무슨 운명의 악령이 당신을 무너뜨렸나요?

아아, 딱하고 애처롭군요! 불행한 이여.

묻고 싶고, 듣고 싶은 것이 많아도 차마 마주 쳐다볼 수가 없군요

그대의 처참한 모습에 온 몸이 떨립니다.

오이디푸스 : 아아, 내 참담한 운명이여! 나를 어디로 이끌어 갈 것인가? 내 목소리는 듣는 사람 없이 입 밖으로 나오기 바쁘게 허공으로 사라지는구나! 아아, 내 운명은 이제 어떻게 될 것인가?

코 러 스 : 고통스러운 그대 목소리 차마 들을 수가 없군요.

오이디푸스 : 아아, 무서운 어둠의 장막이여! 참을 수도 피할 수도 없이 점점 죄어 오는구나. 아아, 비참해라! 상처의 아픔과 불행한 기억이 얼마나 이 마음을 깊이 찔렀던가!

코 러 스 : 가슴 찢는 고통 속에서 너무나 크고 큰 슬픔과 근심이 그대를 울부짖게 하는군요.

오이디푸스 : 아아, 친구여! 아직도 내 곁에 있는가? 아직도 눈 먼 이 사람을 걱정해 주는가? 모든 것이 어둠속에 휩싸여 있어도 그대 목소리는 내가 알겠노라!

코 러 스 : 아아, 자신의 눈을 찌르다니? 왜 그렇게 무서운 일을 하십니까? 어떤 신이 당신 눈의 빛을 끄게 하셨습니까?

오이디푸스 : 아폴론 신이오. 친구들이여, 나에게 견딜 수 없는 괴로운 재난을 가져온 것은 아폴론 신이오. 그러나 눈을 찌른 것은 바로 내 손이오. 모두가 추한 것뿐인데 눈을 가져서 무엇 하겠소.

코 러 스 : 옳은 말씀입니다.

오이디푸스 : 말해 다오, 친구들이여. 내가 눈을 뜨고 볼 무엇이, 소중히 여길 무엇이 그리고 기쁘게 말을 주고받을 그 누가 내게 남아 있단 말이오? 친구들이여, 어서 빨리 나를 테베 밖으로 끌어내시오. 나는 신들의 증오를 받은 몸이요. 나 같이 저주 받은 자는 세상에 다시 없을 것이오.

코 러 스 : 육체적 고통과 정신적 고통이라는 이중의 고문을 당하신 분, 차라리 어려서 사망해 스핑크스의 수수께끼를 풀지 않았더라면 좋았을 것을!

오이디푸스 : 묶인 발을 풀어서 죽음 대신 생명을 준 은인에게 저주 있으라. 그에게 감사할 수가 없구나! 그날 내가 차라리 죽었더라면 내 자신과 혈족에게 이러한 파멸의 고통은 가져오지 않았을 것을.

코 러 스 : 저희 역시 그렇게 생각합니다.

오이디푸스 : 그랬더라면 내 아버지를 죽이지도 않았겠고, 나를 낳은 사람의 남편이라고도 불리지 않았을 것을. 그러나 지금은 신들에게서 버림받고 죄악의 아들이 되었도다. 나를

낳은 여인이 내 자식을 낳았으니 비통한 것 중에서 가장 비통한 것, 그것이야말로 이 오이디푸스의 운명이다.

코 러 스 : 그렇다고 그대의 선택이 잘된 것이라고 말할 수는 없습니다. 눈멀고 사느니, 차라리 죽는 편이 나았을 것을.

오이디푸스 : 인간이 결정하고 행동할 때 최선인 적이 얼마나 있었던 가? 그러니 나를 가르치려 들지 마오. 충고도 더 이상 필요 없소. 만약 내가 저승 갈 때도 아직 눈을 가지고 있다면 나의 아버지와 비참한 어머니를 어떻게 쳐다보 겠소? 내가 두 분께 지은 죄는 목매어 자살하여도 오히려 부족한 처벌이 될 것이오. 또 그렇게 해서 낳은 내 자식들을 어떻게 볼 수 있겠소? 내 눈엔 더 이상 아무런 즐거움도 허락되지 않을 것이오. 이 도시도 웅장한 성곽도 그 어떤 거룩한 신상도 다시는 바라볼 수 없을 것이요. 아 비참하도다! 테베의 가장 높은 혈통에서 태어난 내가 이제는 내 자신이 내린 명령에 의해 추방되어야만 하오. 이 땅을 더럽히고, 라이오스 집안과 하늘의 저주를 함께 받은 자는 추방되어야만 하오. 내 추악한 죄악의 오점을 발견하고도 내 눈으로 그 오점을 바라보는 일은 결코 용납할 수 없소. 내 귀를 찔러 밀려오는 소리의 물결을 막을 수만 있다면 이 귀마저도 찔러버렸을 거요. 그래서 이 몸을 볼 수도 들을 수

도 없는 감옥으로 만들었을 거요. 슬픔의 고통이 닿지 못하는 곳에 있는 것이 참다운 평안일 것이오. 아, 키타이론 산이여 왜 그대는 나를 품에 안아주었는가? 왜 그대의 품에서 내 목숨을 끊어 놓지 않았는가? 나를 죽였더라면 아무도 내 출생의 비밀을 듣지 못했을 텐데. 오, 폴리보스왕이여! 오, 내가 태어난 고향이라 믿었던 코린토스여! 그대들이 나에게 길러 준 것이 무엇이었는지 어찌 알지 못하였는가? 얼마나 끔찍한 죄악이 당신 양자의 젊은 아름다움 속에 깃들어 있었는지 어찌 알지 못하였는가? 태어남도 삶도 추악한 것이 바로 나였구나! 세 갈래 길이여, 저 숲속 좁은 길이여! 내 손을 통해 흘린 아버지의 피, 곧 내 자신의 피를 너는 들이켰구나! 아직도 내가 저지른 일을 너는 기억하는가? 내가 테베에 와서 또 무슨 일을 하였는지 기억하는가? 오오, 운명의 결혼이여, 그대는 나를 낳았고, 내게서 내 자식을 낳았도다. 같은 혈족 안에서 아비와 형제, 자식들의 피를 그리고 어미와 아내의 피를 뒤섞어 놓았도다! 그렇다, 인간 세상에 다시 없는 죄업, 입에 올리기조차 더러운 죄업이로구나. 친구들이여, 제발 나를 추방해다오. 제발 나를 세상의 눈으로부터 숨겨다오. 죽이던가, 바다 속으로 던지던가, 다시는 보이지 않

는 곳으로 숨겨다오. 이리 와서 이 불행한 자를 일으켜
다오. 부탁이다, 두려워할 것 없다. 나 외에는 이 죄악
의 짐을 질 사람은 없다.

코 러 스 : 마침 저기 크레온님이 오시는군요. 저분이 당신의 탄원
을 들어 주시고, 충심으로 당신을 도와줄 분입니다. 저
분밖에는 당신을 대신해서 나라를 지킬 사람이 없으니
까요.

(크레온 등장)

오이디푸스 : 그에게 내가 무슨 말을 할 수 있겠소? 내가 그를 터무니
없이 비방했으니 무슨 보답을 기대할 수 있겠소?

크 레 온 : 내가 여기 온 것은 빈정대거나 지난 잘못을 비난하려는
것이 아닙니다. 다만 당신의 운명이 보여준 오욕이 인
간들의 머릿속에 더 이상 깊이 기억되지 않도록 하기
위해서요. 태양도 땅도 물도 그것을 받아드릴 수는 없
을 것이오. *(수행원들에게)* 여봐라, 그를 어서 안으로 모
셔라! 집안의 불행은 집안사람만이 보아야 할 것이다.

오이디푸스 : 그대는 갸륵한 마음씨로 그대에 대한 나의 근심을 씻어
주고, 나와 같은 극악무도한 악인에게 관용을 베풀었
소. 이제 나는 한 가지 청이 있소. 제발 들어주기 바라

오. 나를 위해서가 아니라 그대를 위해서요.

크 레 온 : 그렇게까지 원하시는 것이 대체 무엇입니까?

오이디푸스 : 나를 당장 이 나라 밖으로 내쫓아 주오. 아무도 나를 돌아보거나 말을 걸 수 없는 먼 곳으로.

크 레 온 : 내 뜻대로라면 벌써 그리 했겠으나, 먼저 아폴론 신의 의향을 물어보아야겠습니다.

오이디푸스 : 아니요, 신의 뜻은 자명하지 않소? 아비를 죽인 자, 신을 모독한 자를 파멸시키라는 것이 아니었소?

크 레 온 : 신탁은 그러했지만, 지금 이 상황에서는 그 뜻을 다시 묻는 것이 현명한 처사일 것입니다.

오이디푸스 : 이런 비참한 자를 위해 다시 신탁을 받겠단 말이오?

크 레 온 : 그렇습니다. 이젠 당신께서도 신을 믿으니 더욱 그래야 겠지요.

오이디푸스 : 그렇소, 신을 믿소. 그리고 이것은 그대를 믿고 부탁하오. 저 안에 안치된 왕비의 장례식은 그대의 뜻대로 잘 묻어 주기 바라오. 그대의 누님이니까 적절한 예식을 베풀어 주오. 그리고 나를 더 이상 이곳에 머물러 나의 조국에 저주를 가져오지 않도록 키타이론 산으로 보내주오. 그 산은 나의 아버지와 어머니가 나의 무덤으로 선택했던 곳이오. 그들의 뜻에 따라 나는 그곳에 가서 죽겠소. 그러나 나는 나이나 병 그리고 기타 사고에

의해 죽지 않을 것을 알고 있소. 내가 옛날에 키타이론 산에서 죽음으로부터 구해진 것은 어떤 무섭고 신비스런 종말을 맞이하기 위해서였던 것이요. 앞으로의 운명 또한 제 갈 길로 나를 인도할 거요. 내게는 아들 둘과 딸이 둘이 있는데, 사내놈들은 걱정할 것 없소. 장성하였으니 어디 있는지 제 앞가림은 하리다. 다만 불쌍한 두 딸, 언제나 내 식탁 곁에서 나를 위해 준비된 음식을 함께 나눠 먹던 어린 것들! 오, 크레온 청컨대 허락하여 주오. 그들을 내 손으로 만져보고 같이 울도록. 내가 그 아이들을 바라볼 수 있었던 때처럼 단 한 번만이라도 그 애들을 다시 내 품에 안아보고 싶소! 아니, 이것이 무슨 소리요? 신들이여, 내 딸들이 울고 있는 것 아니요? 크레온이 나를 불쌍히 여겨서 내 귀여운 아이들을, 저 두 딸들을 보내 주셨는가? 그런가? 틀림없는 내 딸들인가?

크 레 온 : 그렇습니다. 내가 그렇게 했습니다. 그 아이들은 언제나 당신의 기쁨이었음을 나도 잘 알고 있습니다. 그래서 이리로 데려온 것입니다.

(오이디푸스의 두 딸 안티고네와 이스메네는 이미 와 있었는데 이제 오이디푸스 앞으로 다가선다)

오이디푸스 : 고맙소, 크레온. 그대의 친절한 행동에 신의 축복이 깃들길 빌겠소. 얘들아, 어디 있느냐? 와서 너희들 아비의 손을 만져 보려무나. 이 손이 바로 아비의 밝은 눈을 멀게 하였단다. 이제 아비는 아무것도 볼 수 없고 아무것도 알 수 없다. 그 눈을 가지고도 진실을 볼 수 없었던 아비는 자기를 낳은 이를 너희에게 어머니로 주고 말았구나. 내 눈은 지금 너희들을 볼 수 없지만 너희들을 위해 울고 있단다. 너희가 겪어야 할 불행에 대해, 너희가 살아갈 슬픈 삶에 대해 울고 있단다. 어떤 모임, 어떤 축제에 너희들이 사람들과 함께 할 수 있겠느냐? 모임에 갔다가도 기쁨 대신 홀로 돌아와 집에서 울음으로 지새야 할 너희들의 운명. 너희들이 혼처를 구할 때 남자들이 있겠느냐? 어느 남자가 내가 내 부모와 또 너희에게 가져온 이 치욕과 파멸을 걸머지려 하겠느냐? 자기 아버지를 죽인 아버지, 자기가 태어난 침대를 더럽힌 자, 자기가 잉태된 자리에서 자신의 아이들을 낳은 자, 이렇게 사람들이 모욕하는 소리를 듣게 될 것이다. 결국 너희는 혼인의 축복을 받지 못한 채 시들어가고, 자손도 볼 수 없고 삶의 결실도 볼 수 없을 것이다. 아, 크레온이여! 애들의 피가 그대의 혈

관에도 흐르고 있소. 그대는 애들에게 남은 유일한 친족이요. 그들을 낳은 부모는 이제 없어졌소. 내 어머니이자 그들의 어머니인 그대의 누님도 이젠 그들을 돌볼 수 없소. 이 아이들이 집 없는 거지가 되어 방랑하지 않도록 보살펴 주시오. 그대 밖에는 기댈 데가 없는 어리고 비참한 아이들이오. 크레온이여, 애들을 보살펴 주겠소? 약속의 표시로 손을 나에게 주시오. *(크레온이 손을 내민다)* 딸들아, 아비가 가르침을 주기에는 너무 어리구나. 그러나 지금으로서는 다음 한 가지 기도만을 가르쳐 주겠다. "살 곳을 주옵소서! 나의 생을 아버지의 생보다 더 행복한 것으로 만들어 주옵소서!"

크 레 온 : 이젠 더 상심치 마시고, 안으로 드시죠.

오이디푸스 : 그렇게 해야겠지, 발걸음은 떨어지지 않지만.

크 레 온 : 모든 일에는 다 때가 있는 법입니다.

오이디푸스 : 무슨 약속으로 내가 안으로 들어가는지 그대는 알겠소?

크 레 온 : 무슨 약속인지 말씀해 보십시오.

오이디푸스 : 나를 테베에서 추방하시오. 아주 멀리.

크 레 온 : 그것은 신들이 정할 일이지, 제가 아닙니다.

오이디푸스 : 나만큼 신들이 미워할 인간이 어디 있겠소?

크 레 온 : 그렇다면 신들도 당신이 원하는 바를 허락하실 겁니다.

오이디푸스 : 약속하오?

크 레 온 : 아닙니다. 제가 모르는 것을 함부로 말할 순 없습니다.

오이디푸스 : (수긍하며, 그러나 내키지 않는 태도로) 그렇다면 나를 데려가

주오.

크 레 온 : 그럼, 이리로. (오이디푸스는 궁전을 향하여 움직인다. 그러나 그

의 두 팔은 아직도 딸들의 어깨를 감싸고 있다) 딸들은 두고

가시지요.

오이디푸스 : 안 된다. 딸들을 내게서 빼앗아가지 마라!

크 레 온 : 명령은 그만 하시고 복종하십시오. 당신의 뜻대로 행한

일이 당신을 파멸로 이르게 했음을 잊지 마십시오.

코 러 스 : 테베의 백성들이여, 보라, 저기 오이디푸스를,

그는 어려운 수수께끼를 풀고

최고의 권세를 누렸도다.

모든 백성들이 그의 행복을

찬미하고 부러워하였으나,

보라, 이제 잔인한 불행의 파도가 그를 휩쓸어 버렸구나!

그러니 우리의 눈이 인생의 마지막을 보기까지는,

삶의 종말을 지나 고통에서 해방될 때까지는,

어느 누구도 행복하다고 부르지 말라!

퇴 장

제 2 부

해 설

I. 아리스토텔레스는 『시학』(Poetik)에서 『오이디푸스 왕』을 어떻게 평가하는가?

1

아리스토텔레스는 소크라테스, 플라톤과 함께 고대 그리스 철학이 현재 서양철학의 근본을 이루는 데에 크게 기여한 학자다. 그는 그리스 북부에 있는 마케도니아의 스타기라 출신으로, 아버지는 알렉산드로스 대왕의 할아버지인 마케도니아왕 아민타스 3세의 시의(侍醫)였다고 한다. 아버지가 죽자 친척의 도움으로 18세에 아테네로 유학을 와서 플라톤의 아카데미 학원에서 처음엔 학생으로, 다음엔 교사로 스승 플라톤이 죽을 때까지 20년이란 긴 세월을 학문에 정진했다고 한다. BC 347년 스승이 죽은 후, 그의 조카 스페우시포스(Speusippos)가 아카데미를 맡아 경영하게 되자, 의견 차이로 상심한 그는 그곳을 떠나 소아시아의 앗소스[1]로 간다. 그곳에서 그는 결혼

---

1) Assos, 오늘날 터키의 트로이 남쪽 항구도시

도 하고 제자들도 가르치면서 4년을 보내다가 BC 343년 마케도니아의 필리포스왕으로부터 13세인 그의 아들 알렉산드로스 왕세자[2]의 궁중교사로 초빙을 받아 마케도니아로 간다. BC 336년 필리포스왕이 암살당하자 알렉산드로스 왕세자는 20세의 나이로 왕위에 오른다. 그는 왕세자 시절에 부왕과 함께 주변 여러 도시국가를 정복했기 때문에 그가 왕위에 올랐을 때는 아테네를 비롯한 그리스 전역이 마케도니아의 속국이 되어있었다. 그러나 젊은 왕은 그것으로 만족하지 않고 동방 원정(遠征)에 나서면서 마케도니아와 그리스의 섭정으로 장군이자 정치가인 안티파트로스(Antipatros)를 임명한다. 이 섭정의 도움으로 아리스토텔레스는 BC 334년 아테네로 다시 돌아와 스승 플라톤의 아카데미와는 다른 리케이온(Lykeion)이라는 새로운 학교를 세우고, 학생들과 함께 나무 밑을 소요(消遙)하면서 토론식으로 논리학, 자연학, 철학, 윤리학, 시학(창작론) 등을 가르쳤다. 그래서 이들을 소요학파(Peripatetics)라고 부른다. 아리스토텔레스가 리케이온 학교에서 보낸 12년간은 연구와 교육 양면에서 가장 원숙한 시기였으나, 알렉산드로스 대왕이 바빌론에서 급사하자 아테네에서는 반(反)마케도니아 분위기가 팽배해진다. 마케도니아 태생인 그는 신변에 위협을 느끼고 수제자 테오프라스토스(BC 371~287)에게 학교를 위임하고 어머니의 고향 에우보이아섬의 칼키스로 갔다가

---

2) 훗날 알렉산드로스 대왕

이듬해 BC 322년에 그곳에서 사망한다.

2

아리스토텔레스의 저술은 책으로 출판하기 위한 것과 강의용 두 가지로 구분된다. 전자의 책들은 오늘날 거의 모두가 사라지고 단편만 전해진다. 후자는 아리스토텔레스 자신이 세운 학교 리케이온에서 제자들을 가르치기 위해 집필한 강의록들인데, 오랫동안 잊혔다가 BC 1세기 후반에 10대째 학교 후임자 안드로니코스(Andronikos)란 학자가 이를 수집 간행함으로써 비로소 세상에 알려지게 되었다고 한다. 오늘날 우리가 알고 있는 그의 저술들은 바로 후자에 속하는 저술들이다. 그 중 하나가 『시학』(詩學)이다. 그의 방대한 다른 학문 저술에 비하면 군데군데 소실되고 결함이 많은 소품이지만, 서양 최초로 철학자에 의해 저술된 문학이론서란 점에서 후세에 큰 영향을 주었으며, 서양문학 전공자들에게는 그리스문학의 기본을 이해하는 데는 더없이 중요한 필독서로 알려져 있다. 그가 『시학』을 쓴 목적은 당시 아테네의 비극경연(悲劇競演)과 관련해서 비극작품에 대한 유용한 가르침을 주는 데 있

었다고 한다.[3]

그리스의 비극 발달에 큰 역할을 한 비극경연 대회란 BC 561년 아테네의 참주제(僭主制)를 수립했던 페이시스트라토스(Peisistratos, BC 600~527)가 술의 신 디오니소스를 받드는 여러 제식(祭式)들을 국가행사로 승격시키면서 그 중심을 비극경연대회로 정한 것이 기원이 된다. 참주란 비합법적인 방법으로 정권을 장악해서 영향력을 극대화시킨 지배자 또는 그러한 독재 체제를 말한다. 귀족정(政)에서 민주정으로 넘어가는 과도기 정치제도다. 매년 3월 말에 시행하는 술의 신 디오니소스 축제의 비극경연대회에 참가하기 위해서 극작가들은 축제가 시작되기 일 년 전쯤 신청을 해서 국가의 허락을 받아야 했다. 비극은 그리스 신화와 트로이 전쟁을 다룬 호메로스의 서사시 『일리아스』(Ilias)와 『오디세이아』(Odysseia) 영웅담에서 소재를 택했다. 집정관이 작품의 일부를 들어보고 경연대회에 참석할 작가를 선택했다고 한다. 이런 과정을 거쳐 참석한 경연대회에서 우승한 작품 및 작가와 배우는 국가에서 수여하는 상과 상품을 받으며 높은 인기와 영광을 누렸다고 한다.[4] 우승을 가장 많이 차지한 비극 시인으로는 아이스킬로스(BC 525~456), 소포클레스(BC 496~406), 에

---

3) 아리스토텔레스/천병희 역 : 시학(詩學) 서울〈문예출판사〉 1999. 머리말 9쪽.
4) 참고. 밀리 S. 배린저 지음/우수진 옮김 : 서양 연극사 이야기. 평민사 2001. 19쪽.

우리피데스(BC 485~406) 세 사람을 꼽는다. 시기적으로 이들은 참주 페이시스트라토스 이후 BC 5세기에 활동했고, 이들의 작품을 연구 자료로 해서『시학』, 다시 말해 비극에 대한 이론을 집필했던 아리스 토텔레스는 그 보다 1세기 늦은 BC 4세기에 활동했던 학자이다.

3

『시학』은 전체가 26장(章)으로 되어 있는데, 이들은 3부분으로 나 누어져 있다. 첫째 부분은 주요 예술작품으로 서사시(敍事詩)와 비극 (悲劇), 희극(喜劇)과 디티람보스 그리고 피리 취주(吹奏)와 키타라 탄 주(彈奏)를 들고 있으며, '그 예비적 고찰'이란 제목 아래 1장부터 5장 까지 들어있다. 둘째 부분은 비극의 정의(定義)와 그 구성 법칙이란 제목 아래 6장부터 22장까지 들어있고, 셋째 부분은 서사시의 구성 법칙이란 제목 아래 23장부터 26장까지 들어있다. 첫째 부분에서 저 자는 6개의 예술 작품을 들고 있으나, 둘째 부분은 비극에 대해, 셋 째 부분은 서사시에 대해서만 설명하고 있다. 희극과 디오니소스 신 에 대한 합창으로 알려진 디티람보스, 그리고 피리 취주와 현악기 일종으로 알려진 키타라 탄주 등은 따로 장을 만들어 설명하고 있 지 않다.

첫째 부분에서는 1장부터 5장까지 여러 예술작품은 모두 율동과 언어와 화성(和聲)을 사용하여 모방한 것이라고 설명하고 있다. 모방의 수단으로는 색채, 형태, 음성, 율동, 언어, 화성이 있으며, 모방의 대상으로는 선인과 악인이 있으며, 모방의 양식으로는 작가의 서술, 작중 인물의 서술, 배우의 연기를 꼽고 있다. 그리고 시는 인간 본성에 내재하고 있는 모방에 대한 쾌감과 화성과 율동에 대한 본능에서 만들어진다고 설명한다. 서사시와 비극은 고상한 대상을 모방하는 데는 같지만 서술하는 운율은 서로 다르며, 작품의 시간 길이로는 비극의 경우 대체로 하루에 완성되지만, 서사시는 시간 제한이 없음을 지적하고 있다.

둘째 부분은 많은 사람들이 『시학』의 핵심부분으로 인정하는 6장 그리고 7장부터 22장까지 비극의 가장 중요한 구성 요소인 "플롯"에 대한 정의와 그 부연 설명을 하고 있다.

셋째는 서사시와 비극의 유사점과 차이점 또 비극은 서사시보다 예술적으로 더 우수하다는 점을 설명하고 있다. 희극을 설명하는 독립된 장(章)은 없다. 그래서 『시학』은 흔히 드라마론 또는 비극론이라 할 정도로 비극에 대한 설명이 중점적으로 다뤄지고 있다.

4

　아리스토텔레스는 『오이디푸스 왕』을 오늘날 우리가 하는 것처럼 세밀하게 분석하거나 비평하지는 않는다. 그는 당시 아테네의 수많은 비극작품들을 연구하여 그로부터 비극의 개념정의와 최상의 서술방법을 정리하고 있다.

　그는 우선 비극이 "진지하고 일정한 크기를 가진 완결된 행동을 모방해야 하고, 쾌적한 장식을 가진 언어를 사용해야 하고, 드라마 형식을 취해야 하고, 연민(eleos)과 공포(phobos)를 환기시키는 사건으로 관객의 감정을 정화(카타르시스, Katharsis)시켜야 한다"고 정의하고 있다.(시학 6장)

　그 다음 비극을 구성하는 요소로 ① 극의 줄거리를 말하는 플롯 ② 배우의 성격 ③ 배우의 사상 ④ 이들을 표현하기 위해 운율(韻律)을 지닌 언어를 선택하고 배열하는 조사(措辭) ⑤ 배우의 분장을 말하는 장경(粧鏡) ⑥ 합창단의 노래를 말하는 코러스를 들고 있다.
　모두가 현재에도 유용하지만 단지 왕이나 귀족들이 썼던 운율이 깃든 장중한 대사는 오늘날 시민사회에서는 거의 쓰이지 않는다. 오늘날에는 운문에서 산문으로 바뀌어 쓰이고 있다. "등장인물의 성격은 선량해야 하고, 그 인물에 적합해야 하고, 전래의 스토리에 나오는 원형과 유사해야 하고, 일관성이 있어야 하며",(15장) "등장인물의 사상은 무엇을 증명하려 하거나, 반박하려 하거나, 감정(연민, 공포, 분노 등)을 환기시키려 하거나, 과장하려 하거나, 과소평가하려는 노력속에 나타난다"(19장)고 설명하고 있다.

아리스토텔레스는 이 가운데서 가장 중요한 것을 플롯이라고 했다. 플롯이야말로 비극에서 "생명이요 영혼"(6장)이라는 것이다. 그리고 "플롯은 스토리 내에서 행하여 진 것, 즉 사건의 결합"(6장)이라고 했다. 스토리란 우리말로 이야기인데, 사건을 시간별로 배열해서 서술한 것을 말한다. 플롯이란 우리말로 구성(構成)을 말하는데, 사건을 원인과 결과에 중점을 두고 서로 밀접한 연관성을 갖도록 서술한 것이다. 양자의 구별이 좀 애매하게 느껴진다면 보다 쉽게 구별하기 위해 흔히 언급되는 다음과 같은 두 예문이 있다.

(가) 왕이 죽었다. 왕비도 따라 죽었다.　　　-- 스토리(이야기)
(나) 왕이 죽으니까 왕비도 슬퍼서 따라 죽었다. -- 플롯(구성)

플롯에서 우리를 가장 매혹시키는 것은 "급전(急轉)과 발견"(6장)이라고 했다. 발견을 통해 사태가 급작스럽게 반대 방향으로 변한다. 이때 변화는 위에서 말했듯이 "일어날 가능성이 있거나 또는 반드시 일어날 수밖에 없는 원인과 결과 속에서 이루어지는"(시학 11장)

것이다. 발견은 "그 말 자체가 의미하는 바와 같이, 몰랐던 상태에서 아는 상태로 이행하는 것을 의미"(시학 11장)한다.

급전을 유발하는 발견의 종류로는 1. 표지(標識)에 의한 발견 2. 시인(詩人)에 의하여 조작된 발견 3. 기억에 의한 발견 4. 추리에 의한 발견 5. 상대방의 오류 추리에 의한 복잡한 발견 6. 사건 그 자체로부터 유발되는 발견 등 6가지 경우를 들고 있는데 이해를 돕기 위해 그가 제시하고 있는 대표적인 예를 하나씩 살펴보겠다.

1) 표지(標識)에 의한 발견

호메루스의 작품 『오디세이』에서 주인공 오디세우스는 20년이라는 긴 세월 끝에 나그네로 변장하고 고향에 도착한다. 당시에는 하인을 시켜 손님의 몸을 씻어 주는 풍속이 있었는데, 마침 오디세우스의 목욕을 맡게 된 하인은 오디세우스의 어릴 때의 유모였다. 유모는 그의 다리를 씻다가 옛날 파르나소스에서 사냥을 하다가 멧돼지에게 입은 상처를 보고 그가 주인임을 발견하게 된다. 이러한 경우를 아리스토텔레스는 표지에 의한 발견으로 지적하고 있다.

2) 시인(詩人)에 의하여 조작된 발견

이피게니아는 트로야전쟁 때 그리스군의 총사령관 아가멤논왕의 딸이다. 그리스군이 출정하기 위하여 아울리스에 집결했을 때, 아가멤논은 잘못하여 아르테미스 여신의 신성한 사슴을 죽인다. 이 때문에 여신의 노여움을 산 아가멤논은 노여움을 풀기위해 딸 이피게니아를 여신께 제물(祭物)로 바친다. 그러나 아르테미스 여신은 이피게니아가 제물로 바쳐지는 순간 그녀를 납치하여 타우리스로 데리고가 그곳 여신의 신전에서 제녀(祭女)가 되게 한다. 그녀의 임무는 이곳에 표류해 오는 이방인들을 여신께 제물로 바치는 일이었다. 그러던 어느 날 오레스테스와 그의 친구 필라데스가 아폴론 신의 신탁에 따라 이곳에 있는 아르테미스 여신상을 훔치러 왔다가 체포된다. 그리고 제물로 바쳐지기 위해 이피게니아 앞으로 끌려간다. 그녀는 자기를 제물로 바쳤던 그리스인들을 마음속으로 늘 원망하고 미워하면서도 두 청년을 보자 왠지 고향 생각이 나서 그들의 고향을 묻게 된다. 두 청년이 그리스인임을 알게 된 이피게니아는 고향의 안부를 묻고 그들 가운데 한 사람을 통해 고향에 있는 동생 오레스테스에게 편지를 보내기로 결심한다. 두 사람 가운데 필라데스가 가기로 결정이 된다. 그녀는 도중에 파선(破船)이라도 되어 편지를 잃어버리게 되는 경우를 생각해서 편지의 내용을 필라데스에게 읽어준다. 옆에서 편지 내용을 듣던 오레스테스는 그녀가 자신의 누이임을 발견하게 된다. 이어서 오레스테스는 그녀의 아우임을 밝히게 되는데 그방법이 약간 인위적이다. 그는 자기가 오레스테스임을 믿게 하기 위하여 그녀가 「황금모피 이야기」를 수놓은 적이 있다는 사실과 자기들 가문의 선조인 펠롭스의 오래된 창(槍)이 그녀의 침실에 있다는 사실을 이야기한다. 아리스토텔레스는 이피게니아가 오레스테스에게 발견되는 방법은 훌륭하지만, 오레스테스가 이피게니아에게 발견되는 방법은 자연스럽지 못하다고 비난하고 있다. 이것을 시인(詩人)에 의하여 조작된 발견으로 부르고 있다.

3) 기억에 의한 발견

BC 5세기 후반의 비극시인 디카이오게네스의 작품 『퀴프로스 사람들』에서 주인공은 형 아이아스와 함께 토로이 전쟁에 출전하였다가 혼자서 돌아왔기 때문에 아버지 텔라몬은 그를 고향 살라미스에서 추방한다. 그래서 그는 퀴프로스 섬으로 건너가 살다가 아버지 사후에 변장을 하고 고향으로 돌아오는데, 아버지의 초상화를 보고 갑자기 울음을 터뜨렸기 때문에 그로 인해 그의 신분이 밝혀진다. 이것을 기억에 의한 발견으로 부르고 있다.

4) 추리에 의한 발견

아이스킬로스의 작품 『제주(祭酒)를 바치는 여인들』은 오레스테스가 누이 엘렉트라의 도움으로 어머니 클리타임네스트라와 정부(情夫) 아이기스토스를 죽여 아버지의 원수를 갚는 사건을 취급하고 있다. 이 작품에서 오레스테스는 아버지의 원수를 갚기 위해 고향인 아르고스에 잠입한 뒤, 아버지의 무덤을 찾아가 자신의 머리털을 바친다. 이때 누이 엘렉트라도 시녀들을 데리고 제주(祭酒)를 바치러 온

다. 오레스테스는 몸을 숨긴다. 머리털을 본 엘렉트라는 그것이 자기의 머리털과 같은 빛깔임을 발견하고, 오레스테스가 돌아온 것이 아닐까 하고 추측한다. 이것을 추리에 의한 발견으로 부르고 있다. (클리타임네스트라는 미케네의 왕 아가멤논의 아내로, 딸 이피게니아와 엘렉트라 그리고 아들 오레스테스를 낳았다. 그러나 아가멤논이 딸 이피게니아를 아르테미스 여신께 제물로 바치고, 또 트로이에서 돌아올 때 카산드라라는 여인을 데려오자 분노하여 정부(情夫) 아이기스토스와 함께 남편을 살해했다.)

5) 상대방의 오류 추리에 의한 복잡한 발견

작가 미상인 『거짓 사자 오디세우스』에서 "오디세우스는 한 번도 본 적이 없는 활에 관하여 자기는 그 활을 알아볼 수 있을 것이라고 말한다. 그러나 그가 그렇게 말한다 하여 그 활을 알아볼 수 있을 것이라고 생각하는 것은 오류 추리이다."(16장)

6) 사건 그 자체로부터 유발되는 발견

위의 모든 발견 중에서 가장 훌륭한 것은 소포클레스의 『오이디푸스』나 에우리피데스의 『이피게니아』처럼 사건 그 자체로부터 유발되는 발견인데, 이 경우 사건의 자연스런 진행에 의하여 경악이 야기된다는 것이다.(시학 16장) "플롯에서 우리를 가장 매혹시키는 것은 발견과 급전(急轉)이라 할 수 있는데, 우리는 그 예를 『오이디푸스 왕』에서 볼 수 있다. 코린토스에서 온 사자(使者)는 오이디푸스를 기쁘게 해주고 그를 모친에 대한 공포로부터 해방시켜 줄 목적으로 왔지만, 그의 신분을 밝힘으로써 정반대의 결과를 가져온다. 발견은 이와 같이 급전을 동반할 때 가장 훌륭한 것이다."(11장)

아리스토텔레스가 당시의 여러 작품들 가운데서 가장 훌륭한 작품으로 칭찬하고 있는 소포클레스의『오이디푸스 왕』에서 발견을 통해 급전(急轉)이 야기되는 상황을 전체적으로 다시 한 번 살펴보자.

5

■ 소포클레스의『오이디푸스 왕』- 플롯의 발견과 급전

1) 작품 배경

태베의 라이오스는 왕자 시절 왕권 다툼에서 잠시 밀려나 이웃나라 펠롭스왕에게 몸을 의탁하게 된다. 펠롭스왕에게는 크리시포스라는 아름다운 왕자가 있었는데 이 미소년에게 사랑을 느낀 라이오스가 어느 날 동성애를 범하고 만다. 왕자는 수치심을 못 이겨 '목매어' 자살하고, 라이오스는 황급히 고향인 테베로 돌아가 왕좌에 오른다. 졸지에 외아들을 잃고 슬픔과 고통에 사로잡힌 펠롭스왕은 라이오스를 향해 "저런 패륜아에겐 패륜을 저지를 자식만이 어울리니, 후에 그의 아들 손에 살해당하고 그 아내를 아들에게 빼앗기게 해 주십시오!" 하는 끔찍한 저주를 신들에게 기원한다. 라이오스는 신탁을 통해 펠롭스의 저주를 전해 듣고 두려운 나머지 아내 이오카스테를 멀리했으나, 어느 날 술에 취해 아내와 잠자리를 갖게 되고, 아들이 태어난다.

신탁이 두려운 왕과 왕비는 아들이 태어나자 3일 만에 하인인 목자에게 아기의 발을 묶어 키타이론 산에 버리게 한다. 목자는 차마 아기를 산속에 버리지 못하고 이웃 나라 코린토스에서 온 다른 목자에게 넘겨준다. 그는 아기를 자기 나라의 자식이 없는 왕에게 바치게 되고 그 왕은 아이를 양자삼아 기른다. 성년이 된 오이디푸스(부은 발이란 뜻)는 어느 잔치 날 술 취한 친구로부터 자신이 주어 온 아이였다는 말을 듣는다. 분노한 그는 자신이 누구인가를 알기 위해 델피의 아폴론 신전으로 간다. 그러나 답은 없고 대신 '아버지를 살해하고 어머니의 남편이 될 운명'이란 신탁을 듣는다. 그는 그 소름끼치는 저주스런 신탁이 이루어지지 않도록 하기 위해 코린토스를 떠나 테베로 오게 된다. 삼거리 길에서 노인을 만나 비켜라는 다툼 끝에 노인과 일행을 살해한다. 그런 다음 스핑크스를 만나 그의 수수께끼를 해결하고 테베 백성을 스핑크스의 재난에서 구한다. 그 공으로 왕비 이오카스테와 결혼하고 테베의 왕이 된다. 그들은 네 자녀, 즉 딸 안티고네와 이스메네, 쌍둥이 아들 에테오클레스와 폴리니세스를 낳아 기르면서 어느덧 15년의 세월이 흐른다.

2) 작품 줄거리

연극은 왕궁 앞이란 한 장소에서 아침부터 저녁까지 하루에 전(前) 왕의 살해범을 찾는 한 가지 사건만으로 이루어진다.

오이디푸스의 배경을 알고 있는 관객들은 그가 라이오스의 살해범이며 살해된 라이오스와 이오카스테의 아들이라 것을 알고 있지만, 오직 주인공 오이디푸스 왕만이 그 사실을 모르고 있다.

어느 날 아침 백성들이 왕궁 앞으로 모여와 전염병의 고통을 호소한다. 왕은 백성들에게 닥친 재앙을 막기 위해 처남 크레온에게 델피의 아폴론 신전으로 가서 재앙에 대한 신탁을 받아오게 한다. 신탁은 '전(前) 왕 라이오스 살해범을 찾아 이 땅에서 추방해야' 재앙에서 벗어날 수 있다는 것이었다. 왕은 눈먼 예언자 타이레시아스에게 도움을 청한다. 예언자는 '당신이 찾고 있는 살인자가 바로 당신이오'

하고 진실을 말하지만, 왕은 크레온과 타이레시아스가 권력에 눈이 멀어 자기를 모함한다고 분노한다.

왕비 이오카스테가 등장하여 왕의 격한 감정을 말리며, 전(前) 왕 라이오스에게 아이가 생기면 그에 의해 죽게 된다는 신탁이 있었다는 것과 그래서 태어난 아이는 사흘 만에 두 발목을 묶어 하인에게 산에 갔다버리도록 했기 때문에 이미 죽었고, 라이오스왕은 삼거리 근처에서 '강도들'에게 피살되었다고 이야기한다. 수행원은 5명이었는데, 그 중 하인 하나만 살아 돌아와 당신이 새 왕이 된 것을 확인한 후 시골로 갔으며, 당신과 신탁과는 무관하다고 했다.

왕도 자신의 과거를 이야기한다 : 나의 아버지는 코린토스의 폴리보스왕이고, 어머니는 로도스의 자손인 메로페요. 어느 날 잔치에서 한 친구가 술에 취해 내가 아버지의 진짜 아들이 아니라고 했소. 부모는 화를 내었으나, 나는 몰래 아폴론 신전에 가서 내가 누구인가를 물었소. 신전에선 나의 용건에 대해서는 대답하지 않고, 내가 어머니와 몸을 섞게 될 것이고, 인간이면 참고 볼 수 없는 자손을 낳게 될 것이고, 내게 생명을 주신 아버지를 살해하리라 했소. 너무나 끔찍한 이 말을 듣고 나는 이후 코린토스 땅을 피해 다녔소. 그러다가 테베로 들어오는 세 갈래 길에 다다랐을 때, 거기서 당신이 말한 사륜마차를 만났소. 그들은 나를 강제로 길가로 몰아내려 했소. 싸움이 벌어지고 나는 그들을 모두 죽였소. 희망은 그대에게 '강도들'이 죽였다고 말한 하인을 기다리는 것이오. 지금도 그 하인이 '강도들'이 죽였다고 말한다면 나는 책임이 없지만, 만약 '홀로 길 가던 한 사람'이라고 말한다면 명백히 책임은 내게로 떨어질 거요. 그러니 그 하인을 다시 불러오도록 해 주시오.

이때까지만 해도 그는 자신과 신탁과의 관계에 대해 무지한 체, 노인의 살해에 대한 책임의 유무만을 생각하며 두려워한다.

그때 코린토스의 사자(使者)가 등장해서 폴리보스왕의 사망과 후계자로 오이디푸스를 지명했다는 것을 알린다. 오이디푸스와 이오카스테는 이전 신탁이 무의미했음을 이야기하며 안심한다. 그렇지만 오이디푸스는 자기를 낳아준 어머님이 아직 살아계시니 피하지 않을 수 없다고 말한다.

그러자 사자로 온 목자가 "그대는 그들의 혈통과 아무런 관련이 없습니다. 그들은 자식이 없어 저한테 그대를 선물로 받았소. 키타이론 계곡에서 가축을 돌보고 있는데, 라이오스왕의 하인인 목자가 강보에 쌓인 그대를 제게 넘겨주었소" 하고 오이디푸스의 출신을 사실대로 알려주자, 경악을 금치 못한 왕은 자기를 코린토스의 사자에게 건네준 하인을 찾는다. 그러자 왕비 이오카스테는 공포로 창백해지며, "제발 당신 목숨을 소중히 여기시거든, 그렇게 들춰내는 일은 그만두세요"하며 간곡하게 말리지만, 오이디푸스는 "아무리 비천하다고 해도 나는 나의 출생의 비밀을 반드시 밝히고야 말겠소"(76쪽)하며 하인에게 확인한다.

오이디푸스 : 아이를 그에게 주었느냐?

테베의 목자 : 주었습니다.

오이디푸스 : 너에게는 누가 주었느냐?

테베의 목자 : 안에 계신 부인께서.

오이디푸스 : 왜?

테베의 목자 : 죽이라고.

오이디푸스 : 어미가 어떻게 그럴 수가?

테베의 목자 : 예언이 두려워서입니다.

오이디푸스 : 그런데 왜 이국의 노인에게 건네주었는가?

테베의 목자 : 아이가 가여워서 … 다른 땅으로 데려가 키우라고 …

　　　　　(82쪽)

　오이디푸스 왕은 마침내 자신이 아버지의 살해범이며, 어머니와 결혼해 살고 있다는 것을 알게 된다. 그는 이미 자결한 왕비의 옷에서 금부로치를 떼어 두 눈을 찔러 피를 흘리며 "나의 두 눈은 결코 보아서는 안 될 사람들을 너무나 오래 동안 보아왔다. 눈멀어라! 눈멀어라!"(50쪽)하며 처절하게 울부짖는다. 이것을 아리스토텔레스는 "급전을 통한 발견"으로 부르고 있다.

II. 왜 『오이디푸스 왕』은 오늘날도 잊히지 않고 공연되는가?

고대 그리스에서 소크라테스(BC 470~399) 이전 철학자들의 주제는 우주의 원리 혹은 만물의 근원이 무엇인가 하는 것이었다. 많은 철학자가 있지만 그 중에서 몇 사람 예를 든다면, 탈레스(BC 624~545)는 '물', 아낙시만드로스(BC 610~546)는 '무한함', 아낙시메네스(BC 585~525)는 '공기'라고 하였다. 이들의 탐구방식은 자연에 대한 최초의 과학적 설명이었다.

소크라테스에 이르러 비로소 자신과 자기 근거에 대한 물음이 철학의 주제가 되었다. 이런 의미에서 소크라테스는 내면 철학의 시조(始祖)라 할 수 있다. 대우주인 자연에 쏠렸던 관심이 소우주인 인간에게 돌려졌다. 소크라테스는 인간의 지혜가 신에 비하면 하찮은 것에 불과하다는 입장에서, 무엇보다 먼저 자기의 무지(無知)를 깨닫는 엄격한 철학적 반성이 중요하다고 했다. 그래서 그는 "너 자신을 알라"(Gnothi Seauton)라는 델포이의 아폴론 신전(神殿) 현관 기둥에 새

겨져있다는 유명한 말을 자기 철학의 출발점으로 삼았다.

"너 자신을 알라" 란 말은 고대 그리스 7현인(賢人)의 한 사람인 탈레스가 쓴 것이라고도 하고, 다른 현자의 말이라고도 하여 일정하지 않다. 소크라테스는 이 격언을 자신의 철학 기반으로 삼았다. 탈레스는 사람에게 어려운 일이 무엇이냐는 질문을 받고 "자기 자신을 아는 것이 어려운 일이며, 남에게 충고하는 일은 쉬운 일이다"라고 대답하였다 한다. 소크라테스는 고대 그리스의 공동체 삶에서 중요시되어야 할 가치는 윤리적 규범, 즉 덕(德)이라는 것과 사람은 사람답게 살 때 참다운 행복을 느낀다고 했다. 또 덕은 그것을 실천할 수 있는 지혜, 용기, 절제, 정의가 있어야 한다고 했다.

"너 자신을 알라!"라는 말은 "사람다움의 조건이 무엇인지 알라"는 의미로도 해석할 수 있다. 그러나 어느 누가 그것을 안다고 자신 있게 말할 수 있겠는가? 그래서 소크라테스는 "나는 내가 알지 못한다는 것을 안다"라는 역설을 깨닫도록 했다. 우리는 "인간"을 잘 안다고 생각하는데, 실제 그런가? 『오이디푸스 왕』에서 스핑크스는 "아침에는 네 발, 점심 때는 두 발, 저녁에는 세 발로 걷는 것이 무엇이냐?"라는 수수께끼를 길가는 사람들에게 던진다. "인간"을 묻는 것이지만 테베 시민들은 아무도 그것을 몰라 죽임을 당한다는 이야기는 자신을 안다는 일이 쉽지 않음을 비유로 들려주고 있지 않은

가? 나는 내 자신을 어떻게 파악하고 있는가? 이러한 역설적인 대화를 통해 자신을 알아가는 교육을 산파술[대화술]이라 했다.

그의 제자 플라톤(BC 427~347)과 아리스토텔레스(BC 384~322) 그리고 이들보다 1세기쯤 먼저 태어나 BC 430년경에 『오이디푸스 왕』을 공연한 소포클레스(BC 496~406)도 같은 철학 속에 살았던 인물들이다. 작품에서 오이디푸스 왕이 "아무리 비천해도 내 출생의 비밀은 반드시 밝히고야 말겠소."(76쪽) 하면서 자신이 누구인지를 알아야겠다는 말은 상황의 차이에도 불구하고 소크라테스 철학과 소포클레스 연극 『오이디푸스 왕』이 주제 면에서 같은 목표를 추구하고 있음을 쉽게 느낄 수 있다.

오이디푸스 왕은 테베를 전염병에서 구하기 위해서는 라이오스왕의 살해범을 찾아 추방해야 한다는 신탁에 따라, "내가 다시 시작하여 사건을 밝혀놓겠다. 백성들이여, 그리 알고 자리에서 일어서거라" 하면서 재앙을 호소하는 사람들을 안심시킨다. 그리고 15년이나 지난 희미한 범죄의 흔적을 찾기 시작한다. 왕비 이오카스테는 전(前)왕 라이오스의 살해 경위를 다음처럼 설명한다.

이오카스테 : 한때 라이오스왕에게 '우리가 낳은 자식에게 살해당할 것'이란 신탁이 내렸소. 그러나 왕은 삼거리에서 이국

의 도둑들에게 살해당했고, 옛날에 태어난 아들은 3일 만에 발을 묶어 산에 갔다버렸소. 따라서 신탁은 성취되지 못했소.

오이디푸스 : 아, 마음이 무겁군. 왕의 용모와 나이는? 수행원은?

이오카스테 : 용모는 당신과 다르지 않고, 키가 컸고, 머리가 희어지기 시작했소. 왕은 수행원 5명과 함께 마차에 타고 있었소.

오이디푸스 : 누가 이 사실을 말해주었소?

이오카스테 : 홀로 목숨을 부지했던 신하였소. 그는 당신이 왕위에 오른 것을 보고 저에게 간청해서 멀리 떨어진 목장으로 갔소.

오이디푸스 : 그를 여기 오도록 해주시오.

이오카스테 : 그러지요. 그런데 왜 그렇게 마음이 무거워하시는지?

(56-58쪽)

전(前) 왕이 삼거리에서 살해당했다는 이야길 듣고 마음이 무거워진 오이디푸스 왕은 자신에 관해 다음처럼 이야기한다.

나의 아버지는 코린토스왕 폴리버스고, 어머니는 도리스 인 메로페요. 어느 날 식탁에서 친구가 술김에 날 주워온 아이라고 모욕했소. 나는 사실을 알기 위해 부모 모르게 델피의 아폴로 신전에 갔소. 그러나 나의 질문에 대답은 주지 않고, '아버지를 죽이고, 어머니와 결혼해서 자식을 낳을 것'이란 공포와 비참의 예언을 대신 들려주었소. 그래서 코린토스에서 멀리 도망쳐 라이오스왕이 최후를 당했다는 그 이웃에 도착하게 되었소. 삼거리에서 전령과 마차를 탄 노인을 만났소. 그 사람의 모습은 당신이 묘사한 바로 그대로였소. 길을 비키라는 다툼 끝에 그들을 모두 죽여 버렸던 것이요. 이제 목자를 기다리는 게 유일한 희망이오. 당신은 도둑들이 죽였다고 했소. 목자의 말이 당신과 일치한다면 나는 죄가 없고, 나그네의 단독 범행이라면 나를 가리키는 것이오.(61-62쪽)

결정적인 정보는 그러나 우연히 찾아오게 된다. 코린토스에서 목자가 오이디푸스 왕을 찾아와 코린토스의 왕 폴리부스가 병환으로 사망했으며, 오이디푸스가 다음 왕으로 선택되었음을 알린다. 오이디푸스가 신탁 때문에 어머니의 침대를 두려워한다고 하자,

코린토스의 목자 : 걱정 마십시오. 당신은 그들의 친자식이 아닙니다. 내가 키타이론 산에서 당신을 주어 선물로 자식이 없는 폴리버스왕에게 주었던 것입니다. 그 당시 당신은 발이 묶여 있어서 부은 발, 즉 오이디푸스란 이름을 갖게 되었소.

오이디푸스 : 누가 그런 짓을 했소? 나의 아버지요, 어머니요?

코린토스의 목자 : 모르오. 당신을 나에게 위탁한 사람에게 물어보시

오. 라이오스왕의 하인이었소.

오이디푸스 : 왕비여, 우리가 부르러 보낸 그 사람이오?

이오카스테 : 제발, 당신의 목숨을 소중히 여기시거든 그렇게 들춰내
는 일은 그만두세요. 이제 더 견딜 수가 없군요.

(72-75쪽)

왕비는 말리고 왕은 철저히 파헤치려 한다. 이때 테베의 목자가 등
장해서 코린토스의 목자와 대면하자 그들 앞에서 사실을 밝힌다.

테베의 목자 :아비를 죽일 거라는 신탁 때문에 발을 묶어 산에 버리
라고 했는데 차마 죽일 수가 없어서 같이 산에서 양을
치든 이국인에게 고향에 데려가 키우라고 했는데 이 지
경이 되고 말았소. 만약 왕께서 이 사람이 말하는 그
사람이라면 정말 비참한 사람이오.

오이디푸스 : 오, 모든 것이 들어 났구나! 오 빛이여, 다시는 당신을
못 보도록 해주십시오. 이 몸은 저주로 태어나서, 저주받
은 결혼을 하고, 죽여서는 안 될 분의 피를 흘렸구나!

(82쪽)

오이디푸스 왕은 마침내 자신이 아버지의 살해범이며, 어머니와
결혼해 살고 있다는 것이 밝혀지자, 이미 올가미에 목을 매어 숨을

끊은 왕비의 옷에서 금부로치를 떼어 그의 두 눈을 찔러 피를 흘리며 울부짖는다.

전　령 : (…)더 이상 내 눈은 내 인생의 무서운 일들을 보지 못하게 되었다. 내가 저지른 일, 내가 범한 일들, 내가 겪은 고통들을 보지 못하게 되었다. 나의 두 눈은 결코 보아서는 안 될 사람들을 너무나 오래 동안 보아왔다. 눈멀어라! 눈멀어라! 내 눈을 멀게 하라! (…) 이러한 거친 말들을 하면서 그는 눈을 찌르고 또 찔렀습니다. 찌를 때마다 검푸른 피가 그의 수염을 타고 흘러 내렸습니다. 한 방울 두 방울이 아니라 폭포수 같이 흘러 내렸습니다.

(88쪽)

오이디푸스 왕은 신탁대로 전(前) 왕 라이오스의 살해범을 찾고, 테베를 재앙에서 구한다. 이러한 의미에서 그는 영웅적인 인물임에 틀림없다. 그러나 자기 자신이 전왕의 살해범으로 밝혀져 견딜 수 없는 고통을 겪는다. 그리고 체념, 즉 깨닫는 마음으로 돌아간다. 지금까지 왕으로서 권위와 지혜롭다는 오만으로 주위를 내려다보았던 두 눈이 사실은 자신의 "죄를 못보고", 자신이 "어디에, 누구와 더불어 살고 있는지도 모르고, 부모도 몰랐다"는 사실을 깨닫게 된 것이다. 이러한 과정을 거쳐 오이디푸스는 왕의 권위도, 뛰어난 지혜도 내팽개치고 아무것도 걸치지 않은 인간 그 자체의 모습으로 다시 태어난 것이다.

나를 이 지경으로 만든 것은 아폴론 신이었소. […] 그러나 눈을 찌른 것은 나의 손이었소. 모두가 추한 것뿐인데 눈을 가져서 무엇하겠소.(91쪽) 만약 내가 저승 갈 때도 아직 눈을 가지고 있다면 나의 아버지와 비참한 어머니를 어떻게 쳐다보겠소? 내가 두 분께 지은 죄는 목매어 자살하여도 오히려 부족한 처벌이 될 것이오.(92쪽)

그는 왕위를 처남인 크레온에게 넘겨주고 맹인의 몸으로 딸을 안내자로 앞세워 이국땅으로 속죄의 길을 떠난다. 이러한 오이디푸스의 모습은 우리에게 진한 연민과 공포의 감정을 불러일으킨다. 왕의 자리와 두 눈을 바쳐 자신을 다시 찾은 오이디푸스를 보면서, 비록 짧은 순간이기는 하겠지만, 나는 누구인가?라는 커다란 물음이 우리 앞을 가로막고 서 있다는 생각이 들지는 않는가?

자신을 아는 데는 왕의 자리와 자신의 두 눈, 즉 자신의 전 인생을 바쳐야 했다. 자기를 알고 자기에 대해 책임을 지는 인간의 모습. 그것을 그리스 철학은 인간의 가장 고귀한 가치로 보았다. 그것은 오늘도 마찬가지가 아닐까? 그러나 BC 400년경 그리스의 인간들에게 높은 가치로 여겨졌던 "너 자신을 알라!"라는 엄숙한 소리는 오늘날 우리 시대에는 나 혼자만의 생각인지는 몰라도 그토록 진하게 가슴에 울려오지는 않는다. 그리운 소리이긴 하지만, 우리 시대에 많은 사람들이 평균적으로 느끼는 우월한 가치는 인간 못지않게 과학 기술과 정보와 화폐라는 생각을 떨쳐버릴 수가 없기 때문이다.

싱그러운 자연과 지중해의 쪽빛 바다가 어우러진 공동체 안에서 "나"를 생각하며 행복하고 진실한 인간의 삶을 추구했던 고대 그리스인들의 철학은 고대 로마에 그대로 수용된다. 그래서 오늘날도 고대 그리스·로마 문화를 합쳐 고전주의(Klassik)로 부른다. 그러다가 1세기경 이스라엘에서 예수 그리스도교가 유대교와 분리되어 로마를 비롯한 지중해 주변 여러 나라에 등장한다. 황제를 숭배하고 그리스에서 받아들인 여러 신들을 믿던 로마는, 하느님이란 단 하나의 신을 믿고, 황제 숭배를 거부하는 그리스도교를 초반에는 이교로 취급하고 온갖 박해를 가한다. 4세기에 들어 콘스탄티누스 대제(재위 306~337)에 의해 그리스도교는 이교를 벗어나 로마의 정식 종교로 선포되고, 테오도시우스 1세(재위 379~395)는 그리스도교를 로마의 국교로 선포한다. 황색 모래바람이 휘몰아치는 황량한 벌판과 사막에서 유목생활을 하던 유대인들의 "하나님을 공경하고 이웃을 네 몸처럼 사랑하라"는 그리스도교 신앙이 로마에서 자리를 잡는다. "너 자신을 알라!" 라는 그리스 철학은 유럽에서 빛을 잃게 된다. 로마는 예수가 탄생한 해를 새로운 연호로 한 그리스도교 국가로 바뀌면서 신의 말씀을 가장 높은 가치로 지니게 된다. 자신을 알기 위해 노력했던 그리스 철학에서 인간은 역사의 뒤안길에 잠기고, 하나님을 공경하고 이웃을 자신의 몸처럼 사랑하라는 이스라엘의 그리스도교 신앙이 로마와 서구 역사를 끌어가게 된다.

III. 프로이트의 정신분석학 입장에서 본 『오이디푸스 왕』

1

　프로이트(Sigmund Freud)는 1856년 오스트리아-헝가리제국의 일부였던 모라비아의 소도시 프라이베르크 (* 현재는 체코 지역)에서 태어나 1902년 46세에 비인대학 의과대 교수가 되어 활발하게 연구 활동을 하다가 1938년 오스트리아가 독일에 합병되자 유태인 혈통 때문에 나치스에 쫓겨 런던으로 망명했고, 이듬해 83세에 암으로 생을 마감했다.

　프로이트가 태어난 후 얼마 지나지 않아 아버지의 모피사업이 어려워지기 시작하자 가족은 1859년 독일의 라이프찌히로 이사를 갔다가 1860년에 오스트리아의 수도 비인으로 옮겨와서 정착(定着)했다. 비인대학교 의학부를 졸업한 후 1882년 비인 종합병원에서 신경임상의(臨床醫)로 근무하다가 1885년에는 파리의 샬페뜨리에르 정신병원에서 신경질환 치료로 유명한 샤르코 박사의 지도 아래 최면술을 이용한 히스테리환자의 치료법을 배웠고, 1886년(30세)에는 비인으로 돌아와 신경증 환자를 치료하는 병원을 개업했으며, 1889년 여름에는 프랑스 낭시에 가서 의사 베른하임의 최면요법을 접하기도 했다. 1895년에는 비인의 선배 의사 브로이어(Josef Breuer, 1842~1925)와 히스테리 연구에 몰두했는데, 브로이어가 이용했던 최면술 대신 자유연상기법을 임상에 적용하여, 히스테리를 치료하려면 무의식 속에 억눌려 있던 감정을 정상적 통로를 통해서 의식계로 방출해야 한다는 이론을 세웠다. 그는 1896년 이 치료법을 〈정신분석〉(Psychoanalyse)이라고 이름 붙였다. 환자를 치료하는 수많은 임상관찰과 환자에게 떠오르는 생각이나 기억을 자유롭게 말하게 하는 자유연상기법 또 환자들의 꿈 분석을 토대로 해서 인간의 마음에는 자신도 의식하지 못하는 무의식이 존재한다는 것을 발표하게 된다. 무의식이란 한글 사전에 "자신의 말이나 행동, 상태 따위를 스스로 깨닫지 못하는 일체의 작용"이라고 설명되어 있다. 근대 이후 이성 만능을 소리 높여 구가(謳歌)해 오던 유럽인들에게 이성 반대편에 미지의 어두운 세계가 존재한다는 사실을 과학적으로 탐구해서 책으로 저술한 것이 1900년 44세에 출간한 『꿈의 해석』(Die Traumdeutung)과 1905년 49세에 발표한 「유아기 성욕에 관한 3편의 논문」(Drei Abhandlungen zur Sexualtheorie)이다. 현재까지 발간된 『프로이트 전집』 가운데 가장 충실하고 권위 있는 전집으로 알려진 『표준판 프로이트 전집』을 편집한 영국의 정신분석가 스트라치(James Strachey, 1887~1967))는 「프로이트의 삶과 생각」이란 글에서 『꿈의 해석』과 『성욕에 관한 3편의 논문』을 인간 삶의 본질을 파악하는데 가장 크게 기여한 작품으로 평가하고 있다. 그는 또 프로이트를 "이제까지 정상적인 의식에서 제외되었던 정신적 실체의 모든 영역을 처음으로 알아볼 수 있었던 사람, 유아기의 성욕을 처음으로 인정하고, 사고의 제1차적 과정과 제2차적 과정을 처음으로 구분한 사람, 무의식을 처음으로 우리에게 현실로 제시하면서 현대 인류의 정신문명에 높이 기여한 사람"으로 평하고 있다.[5] 이외에도 프로이트의 저술이나 업적은 너무나 광범위해서 전문적인 지식이 없이는 접근하기가 쉽지 않지만, 그리스의 비극 『오이디푸스 왕』을 극히 작은 분량이긴 하지만 정신분석학적 입장에서 해설하고 있는 것은 위의 『꿈의 해석』이기 때문에 어떤 내용을 담고 있는지 살펴보고자 한다.

2

『꿈의 해석』은 모두 7장으로 구성되어 있는데, 1장 「꿈에 관한 문

---

5) 프로이트 저, 김정일 옮김 : 『성욕에 관한 세편의 에세이』에서 제임스 스트라치 : 「프로이트의 삶과 생각」. 383~402쪽. 열린책들. 1998. 프로이트 전집 9.

헌들」, 2장 「꿈 해석의 방법」, 3장 「꿈은 소망 충족」, 4장 「꿈의 왜
곡」, 5장 「꿈의 재료와 원천」, 6장 「꿈의 작업」, 7장 「꿈 과정의 심리
학」 같은 제목을 달고 있다. 『성욕에 관한 3편의 논문』은 제1편 「성
적(性的) 이상(異常)」, 제2편 「유아기의 성욕」, 제3편 「사춘기의 변화
들」이란 제목을 달고 있으며 유아기에서 성인에 이르기까지 성적 본
능의 발전과정을 기록하고 있다.

『오이디푸스 왕』에 대한 서술은 『꿈의 해석』 제5장 「꿈의 재료와
원천」에서 중(中) 제목 4번에 「유형적인 꿈」의 두 번째 설명인 「근친
자 사망의 꿈」 부분에 들어 있다.

테베의 왕 라이오스와 왕비 이오카스테 사이에 난 아들 오이디푸스
는 태어나기도 전에 자기 아버지를 살해할 것이라는 신탁이 내려져 낳
자마자 버려짐을 당한다. 그러나 극적으로 구제된 오이디푸스는 다른
나라의 왕자로 키워진다. 그는 자신의 신분을 알고 싶어서 신에게 묻
는다. 그러자 "너는 아버지를 죽이고 어머니를 아내로 맞게 될 터이니
고향땅을 피하라" 하는 신탁을 듣게 된다.
　　오이디푸스는 그가 살던 나라를 떠나, 테베로 들어가는 길에서 라
이오스왕 일행을 만나게 된다. '길을 비켜라'는 심한 말다툼 끝에 그
노인이 아버지인줄 모르고 죽이게 된다. 테베로 들어가 스핑크스의 수
수께끼를 해결하고, 왕으로 추대되고 어머니인줄 모르고 이오카스테

를 왕비로 맞게 된다. 15년이란 긴 세월을 평화롭게 나라를 다스리면 서 2남(쌍둥이 아들 에테오클레스와 폴리니세스) 2녀(안티고네와 이스 메네)의 자녀를 낳았다. 이때 전염병이 돌아 오이디푸스 왕은 테베를 전염병에서 구하기 위해서는 라이오스왕의 살해범을 찾아 추방해야 한다는 신탁에 따라, "내가 다시 시작하여 사건을 밝혀놓겠다. 백성들 이여, 그리 알고 자리에서 일어서거라" 하면서 재앙을 호소하는 시민 들을 안심시킨다.[6]

이와 같은 배경을 가지고 작품은 시작되는데, 줄거리는 오이디푸 스가 라이오스의 살해범이며 살해된 라이오스와 이오카스테의 아 들이라는 사실이 폭로되는 과정으로 이루어져 있다. 이 과정은 한발 한발 서서히 폭로되는데, 정신분석 작업과 비교할 수 있다. 정신분석 작업은 환자에게 숨겨진 무의식을 의식화시킴으로서 정신질환의 원 인을 밝혀 억압을 해소하는 것이다. 어둠을 밝은 빛으로 바꾸는 과 정으로 이때 환자는 몸을 떠는 끔찍한 비명이나 단발마의 외침 순 간을 지나 마침내 정상으로 돌아오게 된다. 오이디푸스 역시 모르는 상태에서 저지른 자신의 만행이 밝은 빛 속에 폭로되자 충격을 받고 처참하게 비명을 지르며 스스로 눈을 찔러 멀게 하고 고향을 떠난 다. 신탁의 예언이 실현된 것이다.

---

6) 참고. 프로이트 지음/김기태 옮김 : 꿈의 해석. 선영사 2002. 286-290쪽.

그리스의 비극『오이디푸스 왕』이 당시 그리스인들에게 뿐만 아
니라 현대인에게도 연민의 정을 주었다면, 프로이트는 그것을 운명
과 인간 의지의 대립에 있는 것이 아니라, 이 대립이 증명되는 소재
의 특수성에 있다고 했다. 근대 작가들도 역시 잘 꾸민 줄거리에 이
대립을 엮어 넣어 비슷한 비극적 효과를 노리고 있으나, 관객들은
죄 없는 주인공들의 처절한 저항에도 불구하고 저주나 신탁의 예언
이 실현되는 것을 아무런 감동 없이 바라본다고 했다. 다시 말해 근
대 작가들이 쓴 운명 비극은 보는 이에게 별다른 감동을 주지 못한
다는 것이다. 그 예로 오스트리아 작가 그릴파르처(Franz Grillparzer,
1791~1872)가 쓴『조비』(祖妣 Die Ahnfrau 1817)를 들고 있다. 조비(祖妣)
란 할머니를 가리키는 말인데, 귀족가문이기 때문에 품격 있는 고어
체로 번역된 제목이다. 25세 때의 처녀작이다.

보로틴 백작 집안에는 옛날에 조비 한 분이 젊었을 때 정부와 간통
하여 그 현장에서 남편에게 참살당한 일이 있었다. 그래서 그 혼이 유
령이 되어 잘 나타나는데, 그 일은 집안이 단절될 때까지 계속될 것이
라고 한다. 한편 어려서 유괴당한 백작의 외아들이 도적떼의 두목이
되어, 우연히도 자신의 누이 동생인 벨타와 사랑하는 사이가 되었다.
그런데 그는 도적을 잡으러 온 군졸로부터 피하기 위하여, 군졸에게
조력하는 백작을 자기의 아버지인 줄 모르고 살해한다. 벨타는 그 무

서운 숙명을 알자 절망에 빠져 죽고 만다. 그런데 조비의 유령이 벨타의 모습과 닮았기 때문에 그는 그 유령을 벨타인줄 알고 따라가서 그 무덤에서 목숨을 잃는 것이다.

이처럼 근대 작가가 운명 비극에서 그리는 내용은 인위적인 것으로 거부할 수도 있는 반면, 『오이디푸스 왕』에서 느낄 수 있는 거부하기 어려운 힘은, 이것을 자진해서 인정하려는 하나의 소리가 우리의 마음속에 있기 때문이라는 것이다. 『오이디푸스 왕』 이야기에는 실제로 그럴 만한 근거가 포함되어 있고, 그의 운명이 우리의 마음을 흔드는 이유는 그것이 우리의 운명이 될 수도 있고, 출생 전의 신탁은 우리에게도 똑같은 저주를 내릴 수 있기 때문이라는 것이다.

어머니에게 최초의 성적 자극을, 아버지에게 최초의 증오심과 난폭한 소망을 품는 것은 우리 모두에게 해당되는 섭리인지도 모른다. 우리의 유년시절 꿈은 이 사실을 뒷받침해 주고 있다. 아버지 라이오스를 살해하고 어머니 이오카스테와 결혼한 오이디푸스 왕은 우리 어린 시절의 소망 성취일 뿐이다. 그러나 우리는 신경증 환자가 되지 않는 한, 오이디푸스보다 행복하게 우리의 성적 자극을 어머니에게서 분리시키고 아버지에 대한 질투심을 잊을 수 있다. 우리 모두는 마음속 욕구를 억압하고 성장한 만큼, 유년기의 원시적 소망을 성취한 인물 앞에 서면 경악하지 않을 수 없다. 소포클레스는 문학

작품을 통해 오이디푸스의 죄를 밝히고 또 억압했지만, 여전히 그 충동이 존재하고 있는 우리 내면을 인식하도록 강요한다. 극의 마지막 부분에서 합창은 이렇게 대립을 노래한다.

> 테베의 백성들이여, 보라, 저기 오이디푸스를,
> 그는 어려운 수수께끼를 풀고 최고의 권세를 누렸도다.
> 모든 백성들이 그의 행복을 찬미하고 부러워하였으나,
> 보라, 이제 잔인한 불행의 파도가 그를 휩쓸어 버렸구나!
>
> (99쪽)

이 경고는 어른이 되어 스스로 현명하고 강하다고 생각하는 우리 자신과 우리의 자만심을 향한 것이다. 오이디푸스처럼 우리도 자연이 우리에게 강요한 소망, 다시 말해 도덕을 모욕하는 소망의 존재를 모르면서 살아간다. 그리고 그 소망이 폭로되면, 우리는 모두 유년시절의 사건들을 애써 외면하려 한다. 정신분석 연구 가운데 무의식에 남아 있는 유아적 근친상간 경향을 지적한 이 연구만큼 분노에 찬 반대, 격렬한 항변, 우스꽝스러운 비판을 불러일으킨 것도 없다. 러시아계 미국작가로 1955년 대표작 『롤리타』를 썼던 나보코프(Vladimir Nabokov, 1899~1977) 같은 사람은 프로이트의 정신분석 연구를 "성적 상징들을 미친 듯이 찾아대는 짓거리"라고 혹평을 했다. 『종의 기원』에서 인간은 신에 의해 창조된 것이 아니라 진화된 존재

라고 주장한 다윈(Charles Darwin, 1809~1882)도 영국의 신문만평에 원숭이에 빗대어 풍자될 만큼 혹독한 놀림을 받았다.

오이디푸스 전설이 최초의 성적인 자극 때문에 부모와의 관계가 불편해지는 내용을 다룬 태곳적 꿈 재료에서 유래했다는 암시가 소포클레스의 비극 원문에 직접 분명히 있다. 이오카스테는 사건의 진상은 아직 모르지만 신탁을 생각하며 상심하는 오이디푸스에게 많은 사람들이 꾸는 꿈 이야기를 들려주면서 위로한다. 그녀는 그런 꿈에는 아무런 의미가 없다고 말한다.

> 어머니와 결혼이라는 것도 두려워할 것이 못됩니다.
> 많은 남자들이 그런 두려움을 가지지만 그렇게 이루어지는
> 것은 오직 꿈속일 뿐이랍니다. 그리고 이런 일들을
> 대수롭지 않게 여기는 사람은 인생의 짐도 가볍답니다.
>
> (70쪽)

당시처럼 오늘날에도 많은 사람들이 어머니와 함께 자는 꿈을 꾼다. 이들은 격분 반 놀라움 반으로 꿈을 이야기한다. 이 꿈이 소포클레스의 비극을 이해하는 열쇠이며, 아버지가 죽는 꿈을 보충해 주는 것이다. 『오이디푸스 왕』의 줄거리는 이러한 전형적인 두 가지 꿈에 대한 공상의 산물이다. 성인들은 이 꿈에서 역겨움, 수치심 같은 혐

오감을 느끼기 때문에, 이것을 효과적으로 억누르기 위해 공포와 자기 징벌(Selbstbestrafung)을 작품내용에 넣고 있는 것이다.

3

억압된 유년시절의 소망이 꿈을 형성하는 원동력이라고 했는데, 이것을 어떻게 이해해야 할까? 아이는 어머니의 뱃속에서 어머니와 한 몸으로 살다가 태어나면서 분리된다. 아이는 태어나서도 이전으로 다시 돌아가려는 본능적인 노력을 계속하지만, 다음 단계들, 즉 구강기(태어나서 약 1년까지 손에 잡히는 모든 것을 입으로 가져가는 행위), 항문기(1~3살 사이에 배변훈련을 통해 본능과 현실을 구별하는 행위), 남근기(3살~5살), 잠복기(약 6살부터 11살), 생식기(사춘기)란 심리적 발전단계를 거치면서 마침내 어머니로부터 완전하게 떨어져 독자적인 개인으로 존재하게 된다. 특히 저자는 세 번째 단계인 남근기에 아이의 리비도(Libido), 즉 성적 본능의 에너지가 성기 부위에 집중되면서 이성의 부모에게 성적 애착을, 동성의 부모에게 증오심을 느낀다고 한다. 이러한 현상을 프로이트는 아버지를 죽이고 어머니와 결혼하는 『오이디푸스 왕』에서 이름을 빌려 '오이디푸스 콤플렉스'(Oedipus complex)라 부르고 있다. 이것이 바로 억압된 유년시절의 소망이다. 그러나 이것은 부모나 사회로부터 훈련이나 교육을 통해 강력히 억압된다. 이렇게 해서 유년시절의 소망은 차츰 잊히고 무의식 속에 잠복된다. 대신 아이의 관심은 형제나 친구나 주변을 향하게 된다. 그리고 사춘기가 되면서 성적 본능이 이제는 정상적인 이성에게로 향하게 된다. 그러나 또 한편 잠복기까지 억압되어 왔던 유년시절 소망도 사춘기가 되면서 무의식에서 의식으로 뚫고 들어오게 된다. 물론 낮의 각성된 상태에서는 나타날 수 없지만, 현실원칙이 약해진 수면상태에서는 꿈으로 다시 나타난다는 것이다. 유년시절 소망의 꿈은 두렵거나 창피해서 억압했던 내용들이기에 구체적으로 나타나지는 못하고 내용이 압축, 전위, 이차적 수정, 억압된 형태로 왜곡되어 나타난다. 무엇이 꿈을 이처럼 왜곡시키는가? 프로이트는 정신, 즉 마음의 작용을 이드(id), 자아(ego), 초자아(super ego)로 나누는데, 무의식계에 잠복해 있는 '이드'라는 본능적인 충동이 꿈을 통해 의식계로 뚫고 나오려 할 때 통로에서 지키고 있던 '자아'가 의식계에서 양심과 도덕으로 무장한 '초자아'의 검열을 피하기 위해 사회적으로 허용이 어려운 충동적인 꿈의 내용을 알기 어렵게 왜곡해서 통과시킨다는 것이다. 그래서 논리적 추론이 가능한 의식계에서 논리적 추론이 불가능한 무의식계를 탐구하기 위해선 압축, 전위, 이차적 수정, 억압된 형태로 왜곡된 꿈을 재해석하는 일이 출발점이 된다고 했다.

4

『오이디푸스 왕』에 이어 셰익스피어(William Shakespeare, 1564~1616)의 『햄릿』(1601)도 같은 토대, 즉 무의식에 뿌리를 두고 있는 작품이다. 『오이디푸스 왕』이 주인공의 무의식에 잠복되어 존재하는 어린 시절의 소망을 꿈에서처럼 폭로하고 현실화시킨데 비해, 『햄릿』은 이를 억압한 경우다. 우리는 이 억압에서 비롯된 장애 작용을 통해서만 무의식이 존재하는 것을 안다. 이 근대 희곡의 압도적인 성공은 주인공의 성격이 아버지의 복수를 쉽사리 결정하지 못하고 끝까지 불분명한 태도를 취하는데 있다. 그러나 작품은 복수의 임무를 자꾸만 지연시키는 망설임의 원인이나 동기가 무엇인지 말하지는 않는다. 많은 작품 해석 시도에서도 그 점은 밝히지 못하고 있다. 널리 알려진 괴테의 견해에 따르면, 햄릿은 사고활동이 지나치게 발달해서 활발한 행동력이 마비된 인간 유형이다. 또는 작가가 신경쇠약증의 범주에 드는 병적이고 우유부단한 성격을 묘사하려 했다고 생각하는 사람들도 있다. 그러나 줄거리를 보면 햄릿이 결코 행동력이 부족한 인물이 아님을 알 수 있다. 작품에는 그가 행동하는 장면이 두 번 나온다. 한 번은 분노에 휩싸여 벽 뒤에서 엿듣는 염탐꾼을 칼로 찌를 때이고, 다른 한 번은 그를 죽이려 하는 두 명의 신하를 르네상스 시대 왕자들 특유의 단호함으로 저 세상에 보낼 때이다. 이

때 그는 계획적이고 교활하기까지 하다. 그렇다면 부왕의 혼령이 맡긴 임무를 실행하지 못하도록 그를 가로막는 것은 도대체 무엇일까? 햄릿은 무엇이든지 다 할 수 있다. 그렇지만 자신의 아버지를 제거하고 어머니를 차지한 남자에게 복수하는 일만은 하지 못한다. 이 남자는 무의식에 잠복된 햄릿의 어린 시절 소망을 성취시킨 사람이다. 햄릿에게 복수할 것을 촉구하는 혐오감은 그래서 자신이 죄인보다 전혀 나을 것이 없다고 꾸짖는 양심의 가책과 뒤바뀐다. 이 양심의 가책은 그에게 "사실 네 자신도 네가 죽이려는 천벌 받을 숙부보다 훌륭한 인간은 못 된다"라고 책망하는 것이다. 이것은 햄릿의 마음속에서는 무의식이었던 것을 프로이트 자신이 의식적인 것으로 옮겨 놓은 것이라고 했다.

햄릿을 통해 우리에게 다시 생각되는 것은 시인 자신의 정신생활이다. 『햄릿』은 그의 부친이 죽은 직후(1601), 즉 아버지에 대한 슬픔이 절실할 무렵 씌어졌다고 한다. 따라서 우리는 아버지와 관련된 어린 시절의 감정이 새로워졌을 때라고 추정할 수 있다. 어려서 죽은 셰익스피어의 아들 이름이 햄닛(햄릿과 같다)이었다는 것은 다 알려진 사실이다. 신경증의 모든 증상을 완전하게 이해하기 위해서는 꿈을 재해석하는 일이 필요한 것처럼, 순수한 문학적 창조물 역시 시인의 정신 안에서 하나 이상의 자극과 동기에서 출발했고, 따라서 해석도 한 가지 이상 가능할 것이다. 이 점에서 프로이트는 창조하는 시인

의 정신 안에서 일어나는 움직임의 심층, 즉 무의식을 해석해 보고자
했노라고 밝히고 있다.

인 명 색 인

소포클레스의 「오이디푸스 왕」과 해설

초판 1쇄 인쇄 2018년 1월 15일 | 초판 1쇄 출간 2018년 1월 25일 | 윤용호 편저 | 펴낸이 임용호 | 펴낸곳 도서출판 종문화사 | 기획·편집 곽인철 | 영업 이동호 | 편집·디자인 디자인오감 | 인쇄·제본 한영문화사 | 출판등록 1997년 4월 1일 제22-392 | 주소 서울시 은평구 연서로34길2 3층 | 전화 (02)735-6891 팩스 (02)735-6892 | E-mail jongmhs@hanmail.net | 값 15,000원 | ⓒ 2018, Jong Munhwasa printed in Korea | ISBN 979-11-87141-33-4 94890 | 잘못된 책은 바꾸어 드립니다.